文学之都 未来诗空

# 把你的马拴到杨树桩上

梁积林 著

江苏凤凰文艺出版社
JIANGSU PHOENIX LITERATURE AND ART PUBLISHING

图书在版编目（CIP）数据

把你的马拴到杨树桩上 / 梁积林著 . -- 南京：江苏凤凰文艺出版社，2023.1
（文学之都·未来诗空）
ISBN 978-7-5594-7203-8

Ⅰ.①把… Ⅱ.①梁… Ⅲ.①诗集—中国—当代 Ⅳ.① I227

中国版本图书馆 CIP 数据核字 (2022) 第 183880 号

## 把你的马拴到杨树桩上

梁积林　著

| 出　版　人 | 张在健 |
|---|---|
| 选题策划 | 于奎潮　陈　武 |
| 责任编辑 | 王娱瑶 |
| 特约编辑 | 王　萱 |
| 责任印制 | 刘　巍 |
| 出版发行 | 江苏凤凰文艺出版社 |
|  | 南京市中央路 165 号，邮编：210009 |
| 出版社网址 | http://www.jswenyi.com |
| 印　　　刷 | 三河市华东印刷有限公司 |
| 开　　　本 | 880 毫米 ×1230 毫米　1/32 |
| 印　　　张 | 10 |
| 字　　　数 | 180 千字 |
| 版　　　次 | 2023 年 1 月第 1 版 |
| 印　　　次 | 2023 年 1 月第 1 次印刷 |
| 标 准 书 号 | ISBN 978-7-5594-7203-8 |
| 定　　　价 | 65.00 元 |

江苏凤凰文艺版图书凡印刷、装订错误，可向出版社调换，联系电话 025 - 83280257

# 给万物重新命名

——读梁积林诗集《把你的马拴到杨树桩上》

阳飏

"诗人给万物重新命名"——我喜欢这句话对诗歌的归纳和气魄。

圣卢西亚诗人沃尔科特亦曾说过:"每个诗人都要经历为每个名词重新命名的痛苦。"

读积林的诗集《把你的马拴到杨树桩上》,我为诗集中频频出现的几个词所吸引:神、落日、鹰……当然,这已经是经过诗人改造并且渗透出了更多繁复和象征意义的词了,进而传达了一种似乎只可意会不可言传的意境。有点类似于诗人在《鸢鸟城遗址》一诗中所表述的意思:"一群飞鹭从我头顶而过 / 唧唧的叫声 / 似乎就是,时间给我传过来的一些 / 时间的秘密"。

"诗人只是神的代言人"——无疑,诗歌是神慷慨赐予诗人的特殊礼物。同样,积林也以极具个人意图的颠覆语词惯有含义的方式,一遍遍向无处不在的"神"表示着敬意。

积林在《鄂博台子》的诗中这样写道:"哪怕一声羊咩/也像是神在开门/哪怕一声鹰唳/也像是神在打更";再读这首《肃南:巴尔斯雪山》:"且看那只鹰:从我的头顶掠过/又翻过了巴尔斯雪峰/仿佛就是一位过路的神/且看峰顶的那点红/像是早晨/又像是黄昏/更像是多年前一次未有践约的爱情";诗人继续与"神"对话:"雪线下的一匹黑马/突然长嘶了一声/像路过的神/回眸转眼/叹息了一声我的人间"(《南山南》);"岩崖上站着的一个牧人/脸膛黑紫,俨然一位宗神"(《龙首山消息》);"谁是神/兴许就是那个挖锁阳的人"(《龙首山岩画》);在诗人眼里,神无处不在:"像是那只看我的羊突然撩起的眼皮/其实是正午的神,给了我/一个小小的偷觑"(《山中:正午的神》);还有:"哪怕一只游弋的藏獒/都像是突然间降临的神"(《绿渡口》);"雾中,一声马嘶/探出头来的马匹,不是我遇到了中年的爱情/就是神又一次的降临"(《芦苇》)。假神之意,想点美事,凭空——再或许实有其事?为自己制造了一场艳遇。

想象就好似诗歌中的点金术,如果说诗的写作具有一种使命,那就是所谓"文字的炼金术"。想象可以魔幻般地使理性世界与感性世界瞬间成为一个诗的世界,为客观世界注入人的意识与情感。

想象是一种奇妙的思维方式。毋庸置疑,想象呈现了一个读者眼中异样的世界。唯有想象,才可以让诗人保持好奇心。

想象就是发现,发现自然和生活中不为人知的秘密和秩序。从"神"到"落日",或者到"鹰"到"羊"到"月亮",等等,诗人串门一样随意进进出出，引领我们体验着他芝麻开门一般的快感。因为诗人知道，自己的任务是要让诗歌的语言跳跃乃至飞翔甚至隐身起来。

当然，你的诗歌必然源于你的生活，要有你自己的情感，要有诗人的血脉和气息在其中。那是真实存在，是对人生的刻骨铭心才可以生发出来的想象。

对于当下普遍感受到的人类命运所具有的沧桑感，在诗人这儿，却是以一种想象的方式表现出来的。这首《日头偏西》多少可以说明这一点：

霜降已过，天色锖白
落光了叶子的树上
一只老鸹一直在沉默
一口生锈的钟不过如此
一个伤透了心的人也不过如此

日头偏西，羊群无数
几片黄叶被风吹得
一起一伏地前移着
仿佛神在缓缓移步

日头偏西，大河发紫

我和那个牧羊人对视了一眼
擦肩而过后
走进了
他刚刚出来的那座石头庙宇

积林诗歌中反复描述了他所感知到的生命所包含的神秘的精神存在，充分显示了其笔下诗歌形象的幻觉性。

时间让诗人懂得了诗歌在其生命中的分量，如同生活一样，和他是一种相依相偎的关系。

不言而喻，生命中最值得相依相偎的还能是谁呢？在一首写给同样是诗人的妻子苏黎的《大斗拔谷》诗中，诗人耳语般说着："苏黎呀，你能在一根月光上走出一条丝绸之路/我就能在这座古堡上/建起一座/只有我们俩的小西域"。而在另一首《雾》的诗中，则是："我静坐在三生三世的湖边/一页一页地翻着波纹/那里面有苏黎/喋喋不休的倒叙"。还有一首《河流》："就这样，让我们坐成一双时间的旧鞋子/让秋秋去吧/让老老去吧/让头顶的流云流去吧"。穿上所谓的旧鞋子，两个人在山丹的老路上慢慢悠悠溜达吧。保不住溜达出灵感来了，还能写一首"旧袜子"或者"旧手套"之类的好诗。

积林有一首《乡间》，颇有情趣："……雪地很白/雪地里，有人锯着棺木/大锯小锯，流水的二胡//一只山羊从早晨叫到晚夕/叫得那么伤心，叫得那么混沌//求求你，就算是我们/刚刚和好。刚刚／我把手放在了你的，腹部"。

如果换一个角度来谈诗歌，是不是也可以说诗的语言越是简单普通，越可以凸显出诗人的想象力呢？诗是语言的艺术，但是以"说"的方式来构架一首诗，会是什么模样？这首《秋雨：中元节》，基本上就是"说"，没有过于繁复新奇的比喻和意象，只是述说过程和行为，语言干净简洁，但却更加增强了这首诗的感受力和穿透力：

>……父亲已去了那个世界三年半了
>梦里却还问这问那，还递给我一支他一直抽的
>黑兰州和一杯炀帝御液——
>那是山丹一个老厂生产的——
>原来那厂生产老牌散酒和醋——十八岁时他在那里
>当过会计
>——这似乎成了父亲一生的荣耀
>每每说起，他都会提到
>他那时的早餐，是散酒泡馍
>那匹马，我说的是那匹跛足的
>是我和父亲从军马场买回的，屁股上拓着"5"号的
>退役军马，它已经三易其主，但依然
>还在我们村子
>只是，老得只剩一张马皮

搭在了村头的墙上

新坝水库以下

一个女人在烧着纸钱

星星点点的烟火

布满了大地

分叉的掏金河道里

一辆挖沙机,被细雨一直洗涮

缄默啊,缄默如

二〇一二年

那个大雪封门的晚夕

诗歌中的所谓简单,在一定语境中亦是复杂的极致。万物皆有灵,文字也不例外,需要诗人重新定义,并喊出其新鲜的名姓。

一个热爱尘世生活的诗人,他所要写的正是他生活中曾经历过的。而诗人的任务就是记录下时间年轮的刻痕,把被生活遮蔽的部分呈现出来。

积林有一首《回忆雪》,写得十分凄切,我不知道,这是不是他对自己曾经作为一名管理者而目睹体验的煤窑生活的一种搅动心肠的记忆:

矿井,回转的天轮。那么大的韧劲
缓缓移动

像是要把整个世界拉动的钢绳

夜黑。天在下雪
那是谁,穿着胶靴
在钢轨上滑了一个趔趄

电线杆上的那只乌鸦,又播报了点什么
走失了一只羊?
明线头和虎口一样皲裂
还有啊,那个通渭女子,一直哭到了深夜

悲伤搡着悲伤
雪搡着雪

当然,我们也不妨再欣赏诗人的一首《红星砖厂》,一种轻松愉悦的格调表达了和煤窑生活截然相反命运的生活场景与情趣:

我真想在月亮上建一座红星砖厂
建一个火车站
然后我总是走在
砖厂到火车站的路上

此刻，火车咣当咣当
和砖厂里砌坯机的声音一模一样
她砌坯
我拉坯
一夜了，好像我一直在倒卖八十年代的月光

我把哈密都用光了
也没见那个从巴里坤来的姑娘

我记得，那个外号叫毛驴子的队长
他总是抽着莫合烟，烟头一闪一闪
黑黑的脸膛
像是开着一架油田，又像是一座煤矿

  美国作家福克纳说他一生都在写一个"邮票那样大小的地方"。积林的山丹是不是也可以这样比喻？因为几乎可以说，我在诗人的所有诗歌中，都能看见山丹的影子，不论他写山丹之外同样的河西走廊其他地方，写宁夏、青海、新疆，甚至云南普者黑——那些年，因为儿子曾在那儿生活过一段时间的缘故，积林曾多次往返并在那儿间歇居住过——可为什么时时处处山丹亦隐匿其中？这又说明了什么呢？
  我还想说，因为积林，我对山丹多了一些特殊的亲切，尤其是那座著名的让人陡生历史感的焉支山，每每想起，总是和积林联系在一起。想起焉支山下的一匹匹山丹军马，战争早已经从它们的身体中撤远了，而焉支山则在诗人的梦中奔跑成了另一匹马；想起在山丹大佛寺看见的一只倒挂在大殿横梁上的蝙蝠，似乎是一则关乎天地玄黄的箴言；想起我曾经写过的山丹："大麦黄了 / 大麦一黄 / 山丹就该凉了 // 听不见蘸着凉水磨镰的声音 / 梁积林他父亲去年咳嗽的声音早就远了 / 远远看见一台康拜因收割机 / 好似蹲在地头的老农 / 想把喉咙里的痰吐出来吗"；想起和积林、苏黎一起去看丹霞地貌，坐着苏黎开的汽车，居然有一种时空倒转骑在骆驼背上平平仄仄的突兀感觉；想起遍地油菜花黄中掩映的甜蜜的蜂箱、鲜美异常的焉支山野蘑菇……

法国诗人艾吕雅如此说："正如人们把泉水倒进一只杯子中使水变形一样。"

将生活中司空见惯和毫不起眼的事物改造成耳目一新、闻所未闻的形象——在诗人那儿这绝不是奢望。我意识到积林的诗歌穿越了一定时间的限制，在为其所看到、感知到以及生命记忆中的事物重新命名，意欲将自己和读者一并带入一个未知的疆域。

或许，因为同样生活在甘肃而具有的相同的地域背景，让我尤为欣赏积林诗歌中那种不自觉的信马由缰风吹不羁的特性。

2020 年 12 月 28 日于成都

# 目录
contents

| | | |
|---|---|---|
| 001 | | 我要告诉你 |
| 003 | | 窟窿峡：与一头牦牛对峙 |
| 005 | | 平羌口，或槐溪小镇 |
| 006 | | 鸾鸟城遗址 |
| 008 | | 扁都口 |
| 009 | | 夜宿华藏寺 |
| 010 | | 十　月 |
| 011 | | 冬草场 |
| 013 | | 长城下，卖西瓜者 |
| 014 | | 张掖大佛寺 |
| 016 | | 弱水谣 |
| 017 | | 月出祁连 |
| 018 | | 夹店铺 |
| 019 | | 河　流 |

001

| | |
|---|---|
| 020 | 河西走廊 |
| 022 | 契约书 |
| 024 | 风吹额济纳 |
| 026 | 月　亮 |
| 027 | 立　春 |
| 030 | 肃南：东柳沟 |
| 031 | 鄂博台子 |
| 033 | 黄绒蒿 |
| 035 | 肃南：巴尔斯雪山 |
| 036 | 分　界 |
| 037 | 天黑得很慢 |
| 038 | 草原上的马群 |
| 039 | 我必须修饰一下 |
| 041 | 暮　晚 |
| 042 | 山丹：暮色 |
| 043 | 在临泽：麦沟 |
| 045 | 清　明 |
| 046 | 村庄史 |
| 047 | 疏勒河草原 |
| 048 | 草原上的驴 |
| 050 | 夏日塔拉 |
| 051 | 霜　降 |
| 052 | 日头偏西 |
| 053 | 草　原 |
| 054 | 黄色预警 |

| | |
|---|---|
| 056 | 标　本 |
| 058 | 人　间 |
| 059 | 南山南 |
| 061 | 冬　至 |
| 063 | 去马场的路上 |
| 065 | 扁都口，祁连风 |
| 067 | 伫　望 |
| 068 | 带上风 |
| 070 | 中药味 |
| 072 | 马场草原 |
| 074 | 端　午 |
| 075 | 乡　间 |
| 076 | 秋雨：中元节 |
| 078 | 月　光 |
| 079 | 芦苇芦苇芦荻飞 |
| 080 | 某个暮晚站在草原上 |
| 082 | 马场雪 |
| 084 | 回忆雪 |
| 085 | 坐一列绿皮火车穿过河西大地 |
| 087 | 黄河边 |
| 089 | 乡　村 |
| 090 | 葡萄。或酒 |
| 091 | 丹霞口 |
| 092 | 丹霞口小镇 |
| 094 | 丹霞口小镇：雨 |

| | |
|---|---|
| 096 | 日出丹霞口 |
| 097 | 长庚星 |
| 099 | 黄泥堡 |
| 101 | 戈壁小店 |
| 102 | 焉支雪 |
| 103 | 去瓜州的路上 |
| 104 | 马营镇 |
| 106 | 戈壁深处 |
| 108 | 群　峰 |
| 109 | 夏日：戈壁滩上 |
| 111 | 沙坡头 |
| 112 | 西夏王陵 |
| 113 | 双旗镇刀客 |
| 114 | 沙　湖 |
| 115 | 镇北堡 |
| 116 | 贺兰山岩画 |
| 117 | 贺兰雪 |
| 118 | 贺兰山中 |
| 119 | 萧　关 |
| 120 | 落日青铜峡 |
| 121 | 黄河谣 |
| 122 | 盐城堡 |
| 123 | 须弥山 |
| 125 | 宁　夏 |
| 127 | 宁夏：中卫 |

| 129 | 宁夏：沙坡头 |
| --- | --- |
| 130 | 西夏磁窑遗址 |
| 132 | 雪　崩 |
| 133 | 大斗拔谷 |
| 135 | 敦　煌 |
| 137 | 古董滩上：阳关 |
| 138 | 正午：莫高窟 |
| 139 | 瓜　州 |
| 141 | 布隆吉雅丹 |
| 142 | 敦煌的月牙 |
| 144 | 月牙泉 |
| 145 | 莫高窟 |
| 146 | 阳　关 |
| 147 | 玉门关 |
| 149 | 西出阳关 |
| 151 | 那一夜，在敦煌 |
| 152 | 月照敦煌 |
| 153 | 新疆的月亮 |
| 155 | 红星砖厂 |
| 157 | 石河子 |
| 158 | 玛纳斯河 |
| 159 | 巴颜喀拉 |
| 160 | 折　叠 |
| 162 | 冈仁波齐 |
| 164 | 罗布林卡 |

| | |
|---|---|
| 166 | 来　生 |
| 167 | 索　加 |
| 169 | 在治多 |
| 171 | 长江第一湾 |
| 174 | 玉　树 |
| 176 | 哈拉库图 |
| 179 | 日月山下 |
| 181 | 那年西宁 |
| 182 | 戈壁滩上的羊倌儿 |
| 183 | 可可西里 |
| 184 | 曼德拉岩画 |
| 186 | 手印岩画 |
| 187 | 在雅布赖小镇 |
| 189 | 阿拉善的忧伤 |
| 191 | 额日布盖峡谷 |
| 192 | 巴丹吉林岩画（组诗） |
| 204 | 苏亥赛岩画 |
| 206 | 鹰 |
| 208 | 龙首山消息 |
| 209 | 龙首山岩画 |
| 211 | 胡杨林里 |
| 212 | 献　诗 |
| 213 | 西北偏西 |
| 215 | 恰卜恰恋人 |
| 217 | 巴音村 |

| | |
|---|---|
| 219 | 康乐草原 |
| 221 | 牧　场 |
| 223 | 旷野上。一只鸟从我的头顶飞过 |
| 224 | 山中：正午的神 |
| 225 | 我指给你看 |
| 227 | 硖口堡 |
| 230 | 北　麓 |
| 232 | 打　磨 |
| 234 | 雨　后 |
| 235 | 西域图 |
| 236 | 没藏黑云 |
| 239 | 冬至，与苏黎沿一道铁路去大佛寺、祁店水库 |
| 241 | 绿渡口 |
| 249 | 裸　原——青海行 |
| 255 | 雨夹雪 |
| 256 | 弥　勒 |
| 257 | 横　风 |
| 258 | 劈　柴 |
| 259 | 日　者 |
| 261 | 彝人码头 |
| 263 | 尘　世 |
| 264 | 丽江：拉市海源头 |
| 266 | 雾 |
| 267 | 芦　苇 |
| 268 | 青丘：除夕 |

| | |
|---|---|
| 270 | 桃　花 |
| 271 | 普者黑 |
| 272 | 溢　出 |
| 274 | 指背草甸 |
| 275 | 八道哨 |
| 276 | 豹子坡 |
| 277 | 在普者黑高铁站所见 |
| 278 | 除了鹰 |
| 279 | 海口：骑楼老街 |
| 280 | 秋天：在南京，长江边 |
| 282 | 秦淮河 |
| 284 | 大运河边 |
| 285 | 暮晚清江浦 |
| 287 | 登陈子昂读书台 |
| 290 | 涪江边 |
| 292 | 在遂宁 |
| 294 | 暮　雪 |
| 296 | 后记：寻找神迹 |

## 我要告诉你

抬头,你就看见了适才还曾遥远的那座祁连雪峰
和鹰线下面的一顶褐子帐篷
岚雾忽轻忽重
一匹骒马啃了几下自己的腰身
嘶鸣了一声

我要告诉你:那儿有一道通向青海的大峡谷
我要告诉你:那儿有一座汉代的古堡遗址

我要在那儿,修一座以你的名字命名的西域小镇
养马,放羊,挤奶
还要设一个:只有我俩的驿站
獭兔打洞,黄羊发呆
鸾鸟河的上游和下游
都是我们的未来

我要告诉你:

什么是夏日塔拉
什么是哈日嘎纳

我要告诉你:
夕阳都是我劈成一堆篝火的
月亮都是我磨成一只锡壶的

我要告诉你:
点燃狗叫
吹灭老鸹

南山口下来的
"一群牦牛
把雪地烧了个窟窿"①

---

① 引自作者诗集《河西大地》(2000年,中国文联出版社)。

## 窟窿峡：与一头牦牛对峙


一片黄马莲滩上究竟有多大的秘密
两只蝴蝶像一对新婚的夫妇
打开了一扇扇凝望的窗户

夜里下雨了
一个夜牧的人，在一墩桦柴上
晾晒着受潮的雨衣

我已交出了我所有的迁徙
包括我刚刚骑过的那匹枣红马，和她的一声嘶鸣
还有我粉碎的铁青
那头牦牛依然不放过与我的对峙
好像它就是历史

只有一只鹰唳了一声，就飞过了山脊
只有峡谷里的水流声，远远近近
只有一片流云在它的眼睛里进进出出

只有山坡上的灌木,红得
像是远古

# 平羌口,或槐溪小镇

去年的那只,前年的那只,或是更早的那只
我像一只啄木鸟
在一片灌木丛中砸柳,还砸了些别的东西

那个从平羌口走出来的外地人
打着手机,一直嗯嗯嗯地说着密语
突然他大手一挥
好像整个草原都是他的

但他知道那座叫鸢鸟城的古堡上晾晒经书的要意吗
但他知道大片的草个子是谁收割下的吗
但他知道门桩上拴的那匹马是汗血马的后裔吗

他肯定不知道
一只窜上坡去的土拨鼠,呱呱呱呱
究竟说的,什么

## 鸾鸟城遗址

有时，一个走累了的人，就是一座废城
即使某个枝柯上
还有一只鸾鸟在低吟，或者就是微弱的爱情
一股风，把又一个传说打了个趔趄
我能扶住的是
一首磨损了的古歌

土壁上的那些黑洞，比喻成什么都不为过
瞭望
战争
铆钉
埙
悲凉些的话，就叫疾病也行
但，土垣上的那些一坨坨的已化石了的鸟粪
绝对像一盏盏亮了千年的马油灯
也许就是遗失了的匈奴文

我与我妻，小坐在一块石碑上
回溯一下吧，抑或遐想，更曰臆造：
鸾鸟城里新娶（或许窃掠）的那个阏氏女
亦步亦趋地到鸾鸟湖边去照镜子
水面上的那些皱纹，是怎么
一天天映在她的脸上的

这时，一群飞鹭从我头顶而过
唧唧的叫声
似乎就是，时间给我传过来的一些
时间的秘密

## 扁都口

我是从俄博草原过来的
这是八月。扁都口,祁连山的一个谷口
岩壁上雕着石佛,沟道里走着山羊
星星坡那面的草地上
空旷啊,除了几朵粉团花像牛头骨
一样,被风吹得摇晃;
我看到的是
一个蹲踞的牧羊人
把那么大的时光
往他小小的烟锅里,安装

## 夜宿华藏寺

风,赶着一群群羊群似的雪雾
爬乌鞘岭。那边
就是河西走廊……

……下半夜了,老店铺里
有两个碰杯的藏人,还没有把一盏灯光
干光

屋脊上又跳下了一声响。而
檐角上挂着的那块
月亮,被风吹得
响了一个晚上

# 十 月

履带上沾满了泥。一股烟
锈在了烟突口上,还有一声轰鸣没有滴落
拖拉机手就走掉了。

霜点灯。
那扳过马头看齿龄的牧马人,和我的父亲
正在风口上,对火
点烟呢。

## 冬草场

一直让我揪心的
是，路过的那面坡上
牧羊的人，蹲在一个阴洼里
用一根风，缀着破了的衣裳

羊群，已啃着自己的叫声
过了山梁
能够让我抬手瞭望的，是
更远处的枯黄

如果一匹马站久了
也会像一截断墙

如果我在一截断墙上蹲久了
也会像那只
闭目消解疲惫的秃鹫——

背上有一小块

被阴云擦下的……创伤

## 长城下,卖西瓜者

卸下一半堆在路旁;一半还在毛驴车上
装着。拴在一根青石桩上,驴
嚼着一捆半蔫了的燕麦:响鼻,反尾,
偶尔抬一下骚动的后蹄。
趋于正午的沉闷——
一只蒙头蜜蜂嗡嗡嗡地
像一架直升飞机,从一朵马莲花上
升起,盘桓了好一阵子后
翻过了长城。我看见
她的脸上,有兴奋熄灭后留下的
灰烬;她的围裙上,有瓜水浸下的
痕渍;还有她慢慢拉长而移动的身影的

时针。长城边,新河驿
古道上的深深的马蹄印,宛若
时间的刻度

## 张掖大佛寺

我必须热爱这个下午
热爱十一月的阳光,热爱你
热爱朱漆肃穆的大门和人间的门轴
热爱一声梵音之后的三二声鸟鸣
鸟鸣之后的叶落、风轻

一棵参天的杨树,仿若时间的锦囊
扛在大地的肩上
而睡着的大佛,像世界的中心

我告诉你:西夏的那一日,是一对镂空的银镯子
我告诉你:西夏的那一日,丽日碧空

我告诉你:西夏的那一日,我打坐念经
我告诉你:西夏的那一日,你点亮了一根蜡烛

我告诉你:西夏的那一日,大兴土木

我告诉你：西夏的那一日，我丢失了你

我告诉你：西夏的那一日，我去了贺兰山缺
我告诉你：西夏的那一日，你在祁连山下哭泣

我告诉你：西夏的那一日，我是佛的左眼
我告诉你：西夏的那一日，你是佛的右眼

左眼右眼，两滴大海一样的露珠

## 弱水谣

月光下我像一把二胡,静默的音乐
在风中摇曳
二月的丫头们坐着自制的冰车
二月是门槛
那三月就是门扇
从冰窟窿里取水的人
像是一架生锈的辘轳
哼哼咛咛

我去了,那是七个孔的土地
七眼井就像我想你的七日
弱水边
马车户卸下皮车
卸下马匹
双手从地底下挖出两颗
皱裂的洋芋

## 月出祁连

月出祁连，鹿鸣山涧。
一行勒勒车穿行于逶迤的峡谷之中。
一颗流星，肯定是坐在高岸上的
那个养鹿的人烟锅里磕出的灰烬。

惊起的一只夜鸟，从一棵树上飞到了另一棵树上，仿佛
一个老汉把腰间的烟袋，传换着，别在了
另一个老汉的腰上。

这隼鹘。
犹如一柄黑钢钢的板斧。
砌去了一截夜的旧枝。

## 夹店铺

夹店铺。三二个人影
在晃动
晃动的还有,断垣:
没有被风沙割尽头颅的
哪朝哪代的夯声和号子

有人牵驴
到山那边的罗汉井子
驮水去

夹店铺,离城三十里
孤零零的旧门楼
像一个骑着土黄骡子的儒士
摇摇晃晃地去
看落日的皇榜呢

# 河 流

那儿再放置一个你多好
那儿再放置一个我多好
肩并肩
一人放出五枚手指的小鱼
喂养我们的河流

一只蜜蜂从我的肩上飞到你的肩上
像个顽皮的孩子
把两页门扇不停地摇晃

就这样,让我们坐成一双时间的旧鞋子
让秋秋去吧
让老老去吧
让头顶的流云流去吧

# 河西走廊

一只鹰我说的是鹰墩上的一只黄鹰
她抻了抻翅膀上帝开门
她的眼睛里有两个古代的车轮不停地
运送着侏罗纪的风声

这大雪封门的早晨啊这燕子取暖的
檐桄。一只骆驼是我们夜夕里烤过的篝火
河西走廊啊,一座座古堡一座座烽燧

这大雪隆冬的早晨大雪西域天空
一道辙印
大地上的一根青筋
这贮藏了闪电的血管

每一粒雪都是一个新词
都是没曾动用过的谶语

谁能把她翻译成爱情
谁本身就是诗经

# 契约书

1

敦煌沙尘。河西大风。
突然黑下来的天空,突然袭来的冷


反弹琵琶的女神
请把两盏酥油灯再点亮些
一盏放在我的肩上,另一盏也放在我的肩上
左肩右肩
我的肩膀上有神啊
我要修复这走神的天空


凝脂的泪痕
像五根手指。
五根加五根,就是一双羊脂玉器
请把我的命运再抱紧些
我就不再说失去了,我就不再说别离了

## 2

黑河是一支弦,弱水是另一支弦
怀抱我的河西走廊
这把二胡
我是我的瞎子,我是我的国度
摸一下太阳,再摸一下月亮
两声颤音
是我的又一次嘱咐和叮咛

五月的麦地世界的麦地
五月的麦地是一本契约书

就算我把时间都用光了
还有那个早晨
就算我把时间都耗尽了
还有那个黄昏

## 风吹额济纳

闪电啊龟裂的云层
一棵胡杨一个沧桑的老人,跋涉在
深深的沙漠之中。我向他老远里长长地喊了一声
黄昏的灵魂
有一种感冒不是没来由的
蜥蜴之剑,肯定是
前朝里伤了我爱情的一个眼神

给我帐篷,给我马灯
给我居延河的蜻蜓
和血管里的涛声
给我上游
给我一加一,再加一的
三声叮咛

蒙古姑娘,递给了我一块月亮

我终于从身体的黑夜里
找到了我的生命

# 月　亮

我把月亮已翻新过多次：
一枚挑亮雪山的针
一根飞翎
一排啃着寂寥的马的牙齿
一把反弹的琵琶
我呀，还把它打磨成了
一只猫头鹰钟表转动眼睛的壁洞

而此刻，它的确是一面打更的锣
过路的神
扔下一颗烟蒂的流星

我和妻，坐在村口的小塘边
看水中的月
被微风打碎了，又黏合
打碎了，又黏合

# 立 春

1

三匹走马,如三把琵琶
嘶鸣的弦,一直传到了西夏

2

花儿敲开了泉水的门
一头牦牛,从早晨沐浴到黄昏

3

一只羔羊
跟着我走了几个轮回
才又来到了人间

4

正月十一
请在刚刚号罢的脉灶上
搭上一个炊具

你是我的本草纲目
药到病除

5

叫声银匠呀,我问你
那月牙,是不是你打磨了一世的天涯

6

羊反刍
草芽出土
我又制造了一次
没有你的相思

7

别说来生

别浪费了
来生一样的来生

## 肃南：东柳沟

溪流声，高过了天空，高过了世外的一些负重
赶着三只细毛羊的牧女
她在观察一队蚂蚁扛着口袋一样的蚁蛋
从一个洞穴到另一个洞穴。然后
在一小汪水前停了下来——在它们眼里，那肯定是
一片汪洋大海。抬眼间，她望我的时候，又望了望别处

发红的夕阳，挂在了山顶上的一个烽墩上
这时候的一声马嘶无异于一声
丝绸的雷鸣
这时候的娜埃沙
无异于
一个的新人

## 鄂博台子

我确信：我得到了神的关注
就那么一瞬间的注目
我在心里供养了一个下午
哪怕一声羊咩
也像是神在开门
哪怕一声鹰唳
也像是神在打更

随风吹诵，鄂博上的经幡
闭目
你会想一会儿来生
一只旱獭拱手相送
其实，那么蓝的天空
真的就是我们的来生

天呐，别杀死一朵花
别渴死一滴水

也许，那株草
就是通向我们来生的小径

## 黄绒蒿

我不敢动用这个早晨的这片草场
不敢动用一声羊咩
一声狗叫
不敢动用我刚刚翻过来的那座山梁
山梁上那顶冒着青烟的褐子帐篷
和一架风动的银色经筒

甚至大河
甚至长沟
甚至潘儿剌达板上打着鼻喷
缓缓移动的一队牛群

但我想动用一下那片黄绒蒿
从大地上抽出来的一根根灯芯
风一吹动
仿佛无数酥油灯在念经

其实呀,我真正想动用的
是巴尔斯雪山这个地名,和
一个神一样的人名

## 肃南：巴尔斯雪山

一头牦牛迎风而立，等待
谁来敲门
一匹马驮着一副空空的鞍鞯
在雪线上站了一个下午
谁说空空
其实它驮着那么大的天空和一小块白云
且看寒光的冰川
且看那只鹰：
从我的头顶掠过，又翻过了巴尔斯雪峰
仿佛就是一位过路的神
且看峰顶的那点红
像是早晨
又像是黄昏
更像是多年前一次未有践约的爱情

## 分　界

一只羊，在河边吃草
一头牛，在另一边哞叫
山巅上的月亮，又大又圆
它照神界，也照人间
照见了空空的鹊巢
也照见了麦场上
草垛边的两个人，用舌尖搭起了鹊桥

请回味
请再回味一次
中学课桌上的那道分界

## 天黑得很慢

我坐在这个叫二墩的草滩上
我望了望天空,又看了看我的手心
仿佛之间有什么约定

一只旱獭,急急地窜上一个圪梁
它直立起身子,"呱呱呱"地叫了几声
像是支了支云垂的天空,像是受了多大的负重

牧羊的人:脸黑,齿白
看起来是那么阴沉
他"嘘"了一声
远远地,向偏离的羊群抛了一块黄昏

天黑得很慢,其实就是
那匹马走得很慢
她看了看地平线,又看了看我
好像我是整个过程的拖累

## 草原上的马群

一匹儿马低头、生殖器下垂，闭眼冥思
陡然，一声长长的嘶鸣
而一匹骒马的两旁
两匹马驹，仰颈跪乳
请别打扰离群的另两匹马的
交颈私语
这是草原的一角
这是奔腾后的静默
黑脸的牧马人，席地而坐
看着天空
琢摸着什么

## 我必须修饰一下

我要修饰一下落日
像是拿着一个物件用嘴细心地吹
风就是那么吹的
吹尽疲惫，吹落灰烬
落日就像是一只红蜘蛛，趴在
云层的网丝里
我再要修饰的话
落日就像是一盏电压不稳的灯泡了
匆匆飞过山梁的一只老鹰
仿佛是到山那边
检修线路去
我要修饰一只羊。从一只羊到一群羊
下了潘家坡到了弱水河
叫声划过寒冷
像是它们打滑的蹄子在冰台上划过的印痕
我还要修饰一个词，一个词就是一个人名字
苍，苍天的苍暮色苍茫的苍

牧羊人的媳妇叫荣苍苍
身后是羊圈的圈墙
打着手电筒
喊着牧羊人

# 暮 晚

从盆家沟到葛家洼的山路上
突然的拐弯,突然的一阵"咯吱"
先是一个红点在一明一灭的闪现
紧接着是几声略带呻吟的咳嗽
一辆牛车就这样,出现在我的面前
而后,慢慢地过了崾岘
车后头跟着两个牛犊,不停地打着响鼻
一顶棉帽压得很低,几乎把多半个脸都遮住
他蜷缩在车辕条上
那么的轻,又是那么的重
一闪一闪的烟头
让我感到他不动的神情是那么孤苦伶仃
有一阵子,我差点把他想成了,野鬼孤魂

如果不是他远远地,突然漫了一声少年
如果不是神提着一盏流星的灯笼
路过这个山中

## 山丹：暮色

我说的是。那只鸟
从一棵小树，飞到了另一棵小树上
它在判断着什么：或者就是在测量着一种距离

它"唧"了一声
向半块落日的方向飞去
落日呀，仿佛一页半开的门扇
我把远处祁家店水库那边传来的一声马嘶
当成了门轴转动的声息

我给远在湖北的朋友打了一个电话
又给内心打了一通电话
我们说到了山丹，说到了武汉
还说到了一些别的东西

旁边的妻子一直沉默不语。然后
她说：没事，没事，一切都会过去的

## 在临泽：麦沟

你得比喻，你得再次比喻
你得反复比喻：
树上的那些枣子，是怎么过冬来的
依然是那么紫红
灯笼就灯笼吧，起码可以温暖自己
要不，你说成什么，才更可能
别想西夏了
别想月氏了
苏武牧羊的那个使节上，
挂的红缨子，无疑也像灯笼

请闭目，请沉思
请想一想，一夏天里，一只蜜蜂是怎么
提着自己的身子，在这些灯盏里
罐装阳光的。你就明白
我的用意。明白
我把一棵枣树比喻成一座深宫

究竟是什么意义

我呀,还要在麦沟的小溪上建一座鱼塘
鱼儿穿梭,时光也穿梭
那是谁,打着灯笼,走出宫门
还走错了一截小径
春分时节,那谁
擎着月牙的弯勾
钓住了一枚舞蹈的彩虹

## 清　明

依然是那几只羊咩叫在坟茔
依然是那只乌鸦，飞离而去时，"哇"了一声
我从一堆火的窗口
递了些纸钱
还递了几句怨言

究竟有多远
老听到一个人咳嗽着
像是艰难地
爬着，很长的台阶

# 村庄史

九月的丫鬟手提红灯
走进我的手掌
抻开的手掌,如同有着五棵枣树的小村
我把我的马拴在杨树桩上
我把我的井打在小王庄上
庄主在夜里
手提秋风
去了另一个朝代
开门的是一叶黄金的唱词
她有三千米秦腔的村庄史
她有一个潺潺流水的
老爷子

## 疏勒河草原

一只鸟蹲在一株草穗上
它"唧"了一声,长久的停顿后,又"唧"了一声
仿佛在尝试着一次廓向辽远的播放
一匹黑铁马,在一片草丛里
已站了一个下午:影子偏远,古代的日晷

太寂寥呀
一声马嘶,仿佛雷鸣
仿佛,那匹马的身体里一直在下着
雷阵大雨

我如果是一个过往的朝代
最喜欢的是两只蝴蝶像两个仕女打开两页窗扇
看一个书生,沿着疏勒河
淋着雨,西出阳关

## 草原上的驴

一头驴,它在啃草
甩尾,偶尔打上一声响鼻
一小团黑夜被它拖在身后,还有一个生动的形容
比如:驴像驴
比如更有处的驴群,和
一只鹰卸下的一些微风

简易房旁边的那个牧人
他绝对不会割下自己的耳朵
也不会把自己想象成一只蝴蝶
除了不时地看看驴群
他一直在编织着天空的流云
他是在把这一刻时间的血,抽出来,输给下一刻呀
我觉得
一头驴的抖动
就是时间在抽搐

栅栏外的一辆绿色收割机，一只
放大了的秋虫，唧了几声

## 夏日塔拉

牛群后面的那个裕固族妇女
手摇经筒
口里一直念着什么密语
头顶上的一只云雀,间隙均匀的叫声,像时钟,
又像是敲着木鱼

月亮,已被劈成了半块
谁还在不停地劈着我身体里的黑暗

前夜的雨,给雪水河增加了
几多份额
骑马奔驰的我,又能给草原增加多少的宽阔

——伊人。伊人的兰朵。伊人的白帐篷。
伊人的伊人。
伊人的酥油灯。

## 霜　降

坟头上，父亲的头发又白了一层
还有妻子指给我看的别处
比如那棵杨树
旧木屋
拴过的那匹，父亲从马场贩过来的枣红马
已出售给了
另一个世界
几声鸫叫
捏着时间的银币

天依然阴着
要下场雪吗
妻子像一个站台
我像一列停靠的列车

## 日头偏西

霜降已过,天色锖白
落光了叶子的树上
一只老鸹一直在沉默
一口生锈的钟不过如此
一个伤透了心的人也不过如此

日头偏西,羊群无数
几片黄叶被风吹得
一起一伏地前移着
仿佛神在缓缓移步

日头偏西,大河发紫
我和那个牧羊人对视了一眼
擦肩而过后
走进了
他刚刚出来的那座石头庙宇

# 草　原

那一天，风吹草波
阵雨从头顶掠过
你牵着一匹马在水库边，吃草、饮水
松开了鞍鞯

绿色的草地上有一辆绿色的吉普
没有帐篷
两只蝴蝶拉开了世界的帷幕

我说的是落日
我说的是一只年轮的旋鹰

没有帐篷
一只宗教的蜜蜂，不停地转着经筒

我说的是一辆绿色的吉普
穿过了落日的隧洞

## 黄色预警

树上的叶子还没有落尽
绿中泛黄。如同我们中年的时龄
但更多的时候,我们像饱蘸酒精的棉球
擦拭着人间的一次次伤痛
再醉一次又何妨
在身体的每一个裂缝里都贮存了火种
或者在日落时分摇晃着自己
像是摇着一个满满当当的酒瓶

恰逢大风黄色预警
继而是冰雪来临

那年,我从卡拉库尔回来
找我热恋的女子
她蜷缩在自己的身体里,像一头
绝望的小豹子
哦,不,北极熊

我正需要这样的天气来
制制冷

路上,有一阵子没信号
后来,妻子打来电话
我说:车过老寺

# 标　本

横梁山那边，山脚下
一辆拖拉机突突突地
在翻耕着大麦茬地
潮涌一样的羊群，泛着白沫
捡拾着
黄参，或者苦菜的根
——谁在地底下日夜地疼
父亲，父亲的父亲
地那边的坟茔是他们的另一个小村
一截蚯蚓，像是
我和他们之间挖好的一截沟通

一头牛，更远处的几头
反刍着颤动
仿佛有人用泥团重新抟塑着它们

牧羊的人，一直坐在一块石头上

一动不动
要么，他就是石头的一部分
要么，从表情上看
他更是一截时间的标本
我记得
他与我父亲有过往年的交情

一只乌鸦，在地埂窝窝摇摇晃晃
一个神道的庸医
更像是父亲多年前开过的一座煤矿

## 人　间

一只鹰在天空许久地盘桓，还不时地
向下俯瞰
这满坡的红叶，这寺院
这打拱上山的红衣喇嘛
这三十三天，这功德碑
这无数人摸过的天马蹄印
这远离了人间的人间

兰花坪，试剑石上坐着的那个老人
是我遇见的，我的
另一个人间

马蹄寺
一个一个的石窟
像佛珠

# 南山南

那里有我一次次复颂的长空

和一顶褐子帐篷

篷门里走出的女人,襟里兜着的孩童

袋鼠一样探出黎明

炊烟弯曲,弥漫的牛粪味沁人心脾

我要以礼

我要相问

甚至还产生了点莫名其妙的爱情

雪线下的一匹黑马

突然长嘶了一声

像路过的神

回眸转眼

叹息了一声我的人间

尽管天阴着

尽管小雪以后是大雪

我还是臆造了一场
轰轰烈烈的离别

南山南
不要说一只鹰背上驮的是谁的未来

# 冬 至

他一直在敲着桌子,忽高忽低,两根手指像两只扑朔迷离的鸟儿,沉浸中,越来越轻,仿佛走在内心深深的隧洞,寻找着什么东西。更像是一种诘问。

上一个冬至
上一次绝望

他咳了一声,打开了一道过往的门缝
放出了自己

雪还在下着。那只聒噪一阵后飞离而去的老鸹
又飞回来了:带回了些黄昏
冰面上是几条封存的闪电
又一声坼裂
劈开了这发劈的年轮

山顶上,有个修理天空的僧人

眉毛白得,像是一截走错了的小路
又像是两间覆雪的茅屋
折回的时候
请辨认,一匹愣怔的马
是一个生字的偏旁
还是一页生锈的门扇

有一阵子
云流得很快
擦洗或者忽略着什么
我又放弃了许多与这个世界,以及自己
不必要的纠缠

## 去马场的路上

一辆拉草车上,坐着
三个包头巾的妇女。仿佛木偶。仿佛泥塑
山湾里羊圈旁,一只狗
越叫越凶,似乎在给什么加速

羊已上了山坡
牧羊老汉
一直在沟道里踅摸

他手攥一捆芨芨
和我打了个莫名其妙的招呼
他突然絮絮叨叨地说了许多
还做了个夸张的动作

两只鸟,在看不见的地方间歇地呼应
是离情别绪,还是久别重逢

叫得让人
莫名地伤心

## 扁都口,祁连风

如果给河西走廊的风命名
那就冠以祁连吧
我愿意拉着一把风的皮尺
量一量一株株草
从嫩芽到金黄,然后
一束束草穗上结满了子实的距离
还有青稞,还有大麦,还有一只鹰飞向天空的高度

扁都口,祁连山的一个谷口
一夜的风
好像历史与现实的会议中心
我从一匹马汗血的声音里听到了些什么
我从一辆收割机的突突声里
又听见了些什么

就连那个牧羊老人的咳嗽声
我也知道是风在他的身体里捣腾着

或怀旧,或过了一个坎儿
有时候,风也会折断一个往事的枝柯
那就再剧烈地咳嗽上几声

从二千三百米到二千八百米
蹬着草波的梯子
我上到了一个烽墩
我摸了摸大地,又摸了摸天空
我摸到了风和风的擦痕
像是一个地质的断层
那里有煤
也有黄金

# 伫 望

草穗林立,冬天的巢穴里走出一只黄眼珠的獭兔
一匹饱满的骒马,枣红,波澜汹涌
我把自己关进了一盏灯里,焰芯摇曳
城堡旧了,檐顶上的草垛近乎奢侈
下晌后,一个扛着一根秒针的人
在打磨一副鞍鞯上的银钉
觉得那些明霜是一场大雪的余波
觉得那块落日是一场战争中用过的铜锣
一只鸟儿,它在啄木
它在剁着时间的点数
我还能把什么错置——
风一吹路就远了火就大了
风一吹,天就空了

## 带上风

带上羊群
让它们啃啃
我身体里不时袭来的荒芜
带上风
在夜深的时候吹吹
这过于城市化的宿醉,和
疼
还要带上一匹马
驮着世界上最好的——
戈壁落日
我的身体就是我的西域
它嘶鸣一声
就是我身体里的一次
地震

月亮呀,那是谁为我

反弹的一把
琵琶

## 中药味

老中医张大夫
手拿一根银针,颤了颤
首先进入皮肤
然后,进入了身体里的一个大峡谷
至指一段堰塞已久的相思

明朝的案几上,一块木镇纸
张大夫,你门楣的匾额里,世袭的山岭上
有一只跋涉的蚂蚁
请你念叨,请你神望
请把它请进一付汤头歌诀里:

当归,白芍,熟地,川芎
外加枸杞和红枣
放进了一个砂锅里煎上一下午
直至迷离
直至,把夕阳煮得

红丢丢的——

红丢丢的那个谁

## 马场草原

先是一头白鼻梁的牦牛
在一个高岸上,一动不动地望着我们
那么的专注和端肃
绝对像一个判断缘由的神

早晨的光芒从何而降
把弧形的角叉
照耀成了人间的灯丝

我的祁连,我的焉支
我青稞的妹妹
在神的花园
紫色啊,依然在为西域大地
穿针引线

我不丈量
谁能走过大麦和油菜接壤的军马三场

我不提亲
谁能把低低的雪线
抬到高高的鄂博岭上

我不打马
谁能驰骋这无边的草原
去把那块红红的落日
轻轻摘下

摇摇晃晃地
送到了另一个国家

## 端　午

朗诵了一阵大风
又朗诵了一阵小雨
然后把一些词还给了古老的端午

那些柳叶
是从树枝的河流里游出来的鱼群
我用什么来喂养它们

我拿来一些旧词，又拿来一些新诗
我还生造了一个
与你有关的爱情故事

## 乡 间

南山路上一匹啃雪的黑马
杨树枝头
太阳像一个老鸹窝
二伯在撵柴棚上一只伺机的鹞鹰
他的腿疼
随时都有跪倒的可能

雪地很白
雪地里,有人锯着棺木
大锯小锯,流水的二胡

一只山羊从早晨叫到晚夕
叫得那么伤心,叫得那么混沌

求求你,就算是我们
刚刚和好。刚刚
我把手放在了你的,腹部

## 秋雨：中元节

弱水河畔，一坨一坨的藏红花

血一样从地下渗出来

肯定的，除了爱

还有忧伤

还有已收割了的麦茬地的苍凉

那只不停咩叫的小羊

是父亲每天早晨从家里牵出，一石头一石头

砸着铁桩，縻在那里，而忘了牵走的

父亲已去了那个世界三年半了

梦里却还问这问那，还递给我一支他一直抽的

黑兰州和一杯炀帝御液——

那是山丹一个老厂生产的——

原来那厂生产老牌散酒和醋——十八岁时他在那里当过会计

——这似乎成了父亲一生的荣耀

每每说起，他都会提到

他那时的早餐，是散酒泡馍

那匹马，我说的是那匹跛足的

是我和父亲从军马场买回的，屁股上拓着"5"号的
退役军马，它已经三易其主，但依然
还在我们村子
只是，老得只剩一张马皮
搭在了村头的墙上
新坝水库以下
一个女人在烧着纸钱
星星点点的烟火
布满了大地
分叉的淘金河道里
一辆挖沙机，被细雨一直洗涮
缄默啊，缄默如
二〇一二年
那个大雪封门的晚夕

## 月　光

分明是那个叫姐夫的小木匠
锯断的一棵树的横断面。那么
接下来要做的是，从身体的墨斗里
抽出一根月光的墨线
测一测，一声琶音，是怎么从唐朝传到
现在的
再测一测
像地震一样的心跳，是怎么
波动成树的年轮的

事实上
有一阵颤音
是从月亮上劈下的

事实上，有一根月光
是从山丹到敦煌的水

## 芦苇芦苇芦荻飞

风又吹动了,把大片的芦苇吹弯了这个早晨
两只鹭鸶交颈嘶鸣
说着她们世界里的秘密:黑夜和爱情
或者他们什么都没说,只是啄了啄喙唇
蹭了蹭长夜一样的脖颈

风吹栈道飞速远驶仿佛从我的身体里抽出的
一根捻线
绕上另一个卷轴白塔水车吱吱咛咛

芦苇芦苇芦荻飞
大雪的年轮像新婚

## 某个暮晚站在草原上

风吹草茫，一伏一扬
感觉泛滥，感觉云影掠过的阴暗

再猛些。已近暮晚
再猛些。风声像是吹着一页页纸片乱飞
我感觉，那就是时间
那是些时间的碎片
我真想捉住一片，看看上面
写有什么盲文

真的需要一声马嘶
真的需要一声鹰唳
真的需要
一只左顾右盼的土拨鼠，突然立起身子
向西，打了个拱礼

真的需要，一个我

像风一样,推了推我——敲了敲门
走进我的身体里

## 马场雪

一匹奔跑的马,溅起的雪浪中
每一个蹄花
都像是昨夜失踪了的梦里
月牙儿怎么回炉到了一次初恋的,初吻

连暴风也失踪了
只有皱褶的祁连山,像一块漂洗过的布衾
搭起了一场
洁白的
新婚

万马的目光相触,不訾
一群牦牛在雪地里烧下的一个胎记
裹紧头巾的牧马女
骑着琤玧的三弦
似千里,似万里,似一幅遥远的迁徙图

长长的地平线

牵引着

一只旋鹰的风筝

## 回忆雪

矿井,回转的天轮。那么大的韧劲
缓缓移动
像是要把整个世界拉动的钢绳

夜黑。天在下雪
那是谁,穿着胶靴
在钢轨上滑了一个趔趄

电线杆上的那只乌鸦,又播报了点什么
走失了一只羊?
明线头和虎口一样皴裂
还有啊,那个通渭女子,一直哭到了深夜

悲伤搡着悲伤
雪搡着雪

## 坐一列绿皮火车穿过河西大地

一列火车,一列绿皮火车,咣咣当当,咣咣当当
像我的上次,像我的上一辈子
有那么几次,它几乎
与我脑子里的另一列火车,相向
擦出点奇遇

但我,立马刹住了天空
刹住了那只鹰的俯冲

过了河西堡,就是花草滩,就是夏日塔拉
沙梁上的几头骆驼
依然向四处张望
依然是那么苍茫
有一头,扬着脖子,出着啸声
完全像是风在吹着一只陶埙

我摇了摇身子——

摇晃着一个盛满啥的容器
突然就泪流满面
好像有多大的委屈

# 黄河边

在靖远，在黄河边
似是洪荒
似有野人
一架水车的"咯吱"声让人混沌

悄悄。缓缓转动的水轮，不正是
一个源
在不停地发射着亘古的热点

那些波纹里，究竟有：
几座庙，几座庵
几声暮鼓，几声晨钟
敲诵木鱼的那个小僧
是不是我本人

等等。请接通一声鸟鸣
我还得了却一下

人间里没有了却的一段爱情

那一年,黄河滩上的糜子黄得
把天下都出卖给了黄昏

等等。
我有一枚银币,在地平线上滚动

# 乡　村

刚浇过水的地里，麦苗已有一拃高了
溢出地埂的水渍，与泪痕
究竟有多大的相似度

为什么记住了那声马嘶
突然的奔跑，好像是我发着了的一台机器

为什么记住了那只蝙蝠
从一个墙缝飞出，又飞进了另一个墙缝
偷偷摸摸地藏着什么东西

我为什么被罚站在了一个黄昏
一直哭哭啼啼
恨了又恨

把一个词种得很深
现在才长出嘴唇

## 葡萄。或酒

这罐装的阳光
一嘟噜一嘟噜,多么像
一个睡醒了的美人,在时间的海平面上
吐着气泡
这是爱的蜜语呀
既有贺兰山的窈窕
又有黄河水的滔波
无需踯躅
我只是牵着她的手,把她领进了
你的心窝
让你的身体成了一盏月光杯
把整个西域照彻

## 丹霞口

石砌的。想取火吗
从一声鹰唳里
鹰在一座红山顶上不停地划燃着自己

从一朵紫荆花里取一点蜜,就像从一个
古石巷里取一个人的脚步声:前后都叫伤心
何况在这渗血的丹霞山中

其实,那只鹰就是我和你放出的那只风筝
贴膏药。还说了说二十四年前的一次生育

迎面里遇见了临泽来的贩夫蒋葫芦
那个地方原来叫小月氏

## 丹霞口小镇

1

我想把那只鹰
挂在小镇的半空中
做成一面摇摇晃晃的店幌子
我想,坐在一个雉堞蹾上,看幌子上
究竟写的什么字
当然,在一个雨后的下午
我更想请一对小夫妻(或者就是我和你)
走进这笃笃的石巷
然后,让他们住进那座江南风情的四合小院里
弹琴,下棋,拨弄古筝
苦思了会儿上阙,又冥想了会儿下阙
听着夜雨拍打着柳枝
"哗啦哗啦",翻了一夜西域书

## 2

一对白鸽子
"咕"过来,"咕"过去的
扯着时间的大锯
把云层都扯出了一道闪电的裂隙
且慢。不是海市蜃楼
这里,有想象,也有邂逅
款款拾级的
何尝不是小月氏
擦肩而过的
未必不是匈奴的阏氏
抬头间,月亮像一只石燕
飞鸣在谁的侏罗纪

## 丹霞口小镇：雨

这雨，又下大了
一对灰鸽子，像是一对古代逃难的夫妻
在这个朝代歇息了一会儿
又在那个朝代歇息了一会儿

石巷里，他们对峙了一阵
又看了眼闪电的天空

他们相携而行
回道张掖，到了丹霞口小镇

黄昏，雨停
咕咕声，像是挖掘，又像是钻井
他们呀，终于
飞进了石屋窗棂上的一张剪纸中

梨园河边

涛声汤汤。除了云缝里的月亮

在这座石头镇里,我还贩卖了些别的意象

## 日出丹霞口

这么早。一只蝉呀
就在城楼上的雉堞边弹琴
不是一个出使西域的书生
就是一个夜夜相思的女子在诉说衷情

忽停,似琴断
又是一声颤音

紧接着,斜刺里,一只高燕
当当当当
像凿空
又像是传递着一句口信

这时的太阳,火柴头一样
划了一下红山的砂磷
一股岚雾
两队马匹

## 长庚星

谁持烟蒂
好像还叹息了一声
弹了弹灰烬

九孔桥
阔叶树林
无风的涟漪,多么像
一个人的微酣

一阵隐隐约约的笛声
一个人在对岸扰了扰手电筒
当的一声。我相信,那是一个人给我说过的一句话
永久的回音

动了动:我相信
是谁在调着那朵喇叭花的音准

我相信，神在
慢慢走动

## 黄泥堡

巡牧的人刚刚回来
帐篷边晾晒的牛粪还没有完全风干
我走上黄泥冈上的一座烽燧
一场西征的盛宴摆在我冥想的面前
蜥蜴的箭镞在脚下窜来窜去
我还看见一只红狐在草湖边
饮水弄姿,然后进了一个民间故事

今夜,有一匹马擂鼓一样驰过草原
今夜
我不宿醉,只想听听两个裕固族老人
说说生活,捎带说些别的
说到了夜,说到了失踪
说到了狂雪下的艰辛
也说到了暖阳下的温存
我不流泪,但我为了掩饰什么
出了帐篷。我把一只猫头鹰不停转动的眼睛

当成了古代的两个车轮

"灵魂劳损自我修复透出安详的韵律"①——
一头牦牛在阵阵砥砺后
产下黎明

---

① 引自昌耀《诗章》。

## 戈壁小店

土墙的门楣上挂着一个幌子
石条桌上的茶碗里被微风
荡起些眼皮一样颤动的涟漪
一只黄鹰俯冲而下
像是一个从古国来的士卒
左顾右盼，讨水喝的样子
还有什么比日影速快的西斜
让人觉得更加荒凉
想想远路
想想边疆
哪怕一个遥远的地名都让人惆怅

一辆大卡车戛然而止
下来了一个身子都坐硬了的小司机
他望望店主
又望了望已经有些发红的斜日

## 焉支雪

这雪下得,好像下了一千年似的
唯有一只老鸹,探出身子
前走了几步。摇了摇头
又缩回了松林

我站在了一块岩画前
看到一个鞑靼人,牵着一匹马,踽踽而行
驮的是盐,还是丝绸
那边似乎也在下雪
石英晶莹,停在了半空
我似乎还听到了一阵咳嗽的声音

"老哥,冷吗?"
老鸹叫了一声,仿佛
时间开了一道小小的裂缝
我摸了摸岩画
又摸了摸天空

## 去瓜州的路上

沙漠之上,远望,还是沙梁
多棱的阳光,折射着历史的光芒
一个人是另一个人的海市蜃楼啊
一只蜥蜴像一位译者
不停地翻译着
沙漠波纹里贮存了千年的声声驼铃
我还遇见了一个去榆林石窟的
僧侣。他的脸像紫铜锻铸
他深邃的目光本身就是两座石窟
他远去的背影
一扇慢慢关闭了的红门

日影西斜的时候
我且小憩
我坐在了我影子的小绿洲里

## 马营镇

那年冬天,我赶着驴车去马营镇的油坊里
榨菜籽油
回转的时候已是黄昏
天开始下雪了
一群乌鸦在马营桥边的一个岸湾里
飞起飞落,像是
不停地给天空运送着什么

天又猛地黑了一下
驴车一个趔乎
我看到一头黑牦牛
迎风而立
都被雪染白了
还没有动的意图

我一直不能忘却的是
它鼻孔里冒着的两股寒气

炊烟一样升腾
仿佛,它本身就是一个村镇

## 戈壁深处

恰有一汪水嵌于两条路的分岔处
放射而四溢着寂静的光
我忆及见过一个镶银的手指便是如此
无疑,这是一个戈壁海子
如果没有被那三头焦渴的驴发现
肯定是一种巨大的浪费
是寂寞的浪费
是苍茫的浪费
是时间的浪费
是光的浪费
也是我的浪费
三头野驴耸起耳扦
颤动,仰颈
试探着
一步步
把自己镶进了天空之中

夕阳的门洞边

有一条地平线一样的

车辙印

恍若远征

# 群　峰

缘小径，披荆棘而上
相随的是阵阵松涛
啄木鸟像樵夫
永不停歇地砍着时间的枝条
我穿过大斗拔谷
上到了俄博岭
旧雪，像一张张摊晒的羊皮
谁能与我齐立于此
看群峰波涌浪起
除了一只俯冲下来的鹰
向我唳了一声
我唯与一个沿途里找畜群的牧人
说了几句
握了握手，仿佛交换了些什么东西

## 夏日：戈壁滩上

### 1

总有一辆勒勒车向西缓缓移动
两翼的铁钩碰撞着栏杆
咣咣当当，没完没了地响到天际

### 2

总有一群羊堆在了一起，自搭凉棚
而牧羊的人在一个岸湾里打盹
或者，一遍遍地拆开又重新辫着一根牛皮鞭子

### 3

总有一只闷蝉
不停地划着火柴。似乎
要把一团蔫了的蓬草点燃

## 4

总有一只展翅静止的鹰在天空的边角上
像是神挂在那里,晾晒的
一件大衣

## 沙坡头

一声欸乃黄河吱呀开门
游出芦苇荡的两只水鸟是从另一个国度里驶出来的
两只羊皮筏子。且背竖琴，且转身
一层层沙漠波纹一个朝代到另一个朝代的阶层
且回眸。沙梁上的老胡杨嘴唇皴裂吹箫西风
是谁千年的恋人

青铜的水啊
白银的人
漠漠黄沙中一队驼铃，越走越远了
何时才能走进那道落日之门

## 西夏王陵

九：九座土墩，九个人，九把二胡
九碗血。或挂在地狱门口的九盏兽角号声
而红红的枸杞三千佳丽打着的灯笼，在沙梁上
寻找着走失的西夏铭文

不想甘州夜洛隔了
不想青唐唃厮啰了
不想嵬名了，不想没藏了

兀卒，兀卒

一只秃鹫，好像是
一朵开败的花朵

## 双旗镇刀客

这是在宁夏，这是在西套平原，这是
一群蚂蚁把一种叫西夏的文字扛着上了沙梁的一个下午
夕阳发红，时间的放大镜
马蹄必须疾，马蹄不疾就是一架槽头锅里熬着的牛骨头了
连加在刀刃上的那束仇恨
也会被一口气吹灭的

夕阳再沉一下，就成了闪出门缝的那个红身身了
夕阳再沉一下，就成了一个碗口大的疤了

## 沙　湖

这个沙梁上有命,有一个问号,一只鸥鸟飞下的折痕
当一个刀客把一次落日埋进骨头里
芦苇发红,哗哗而响,像是一个马头似的酒壶的帝国里
倾倒出阵阵嘶鸣
造字,其实没有打一副马掌那么容易
而是把骨骼折断了,寻找其中的,一粒粒火籽

而那两坨蓝,是谁躺下思谋一个夜空时
眨动的两颗眼睛

## 镇北堡

你不要想箭

也不要想战争

如果你把一匹黄骠马插入一颗心形的锁里

那不就是一把古铜的叹息

那不就是月亮门里走进了一个羊皮身子

一早晨的辘轳声其实就是一架老式留声机

播放着骆驼,播放着沙漠,播放着土佛寺的

一个玉钵里盛着 300cc 的月光里找到了遗失多年的几个

西夏字——一群羊睡在阳坡里

想想盐

想想水

## 贺兰山岩画

向左,马蹄窝里的一株兰朵
我爱上了你,爱上你们的交媾
爱上了几千年前的那声呻吟和叹息
而后,犁地,牧马,打猎,捎带着修修那块生锈了的落日
谁在前面推着独轮车
谁的身体里挂满了嘀哩咣啷的铁活
随便抽出一柄吧,蘸一滴血,再把月牙扳弯些,那就部落了,那就江山了
或者,那只鹰就是哪个王爷额上的一颗痣

一根头发的闪电
一个墓穴似的脸

## 贺兰雪

一只乌鸦红喙嫩芽火焰被风吹燃了
或者就是一个采药的人采到了一声长啸的轻音
给一个人的口信设座庙吧
给一个人的雪塬铃个章吧
一匹白马几时才能跑到西夏里

风啊,一截秦长城的大锯
喑喑地拉着一把生锈的二胡

## 贺兰山中

这是八匹马的黄昏啊
如果那匹夕阳也被牵走后
就只剩下我们的爱情
天何其苍苍,野何其茫茫
住在岩画里的那群人,他们打猎,晚归,交媾,把一架弯弓挂上了天穹
似乎,要送给我一顶驼毛帐篷

一个人就是一个朝廷
比如我是夏你就是辽
比如一块马蹄铁里贮存了多少的奔跑

# 萧 关

  如果一头牦牛是一个纪元
  那么多的纪元同时通过萧关是何等的拥挤不堪
  牦牛的眼睛多么的蓝啊
  蓝得：可以溢出水来，可以溢出一朵紫鹃花，可以溢出……一个江山
  一匹驻足的马迷失在西夏

  夕阳啊一个人已没入了历史很久了，又不舍地探出头来
  看看他的黄河美人，又
  看了看他的朝廷

## 落日青铜峡

　　我还没有给那碗水命名,我还没有给那条路命名,我还没有给那道霞光命名
　　如果给一块铜命名那就是河了
　　如果给一条河命名那就是霞了
　　如果给那道霞光命名,那就是一块落日了
　　如果给那一百零八座佛塔重新命名呢
　　一只老鹰谁刻在天空的铭文
　　如果给那块落日重新命名呢
　　谁的心是一座青铜大师

　　我还没给那个女子命名呢
　　一队蚂蚁已抬着那块铜镜,浩浩荡荡,过了黄河去

## 黄河谣

那一绺绺的花儿舌尖尖上的风
那摇摇晃晃的筏子摇摇晃晃的河
独独的一根芦苇在水中,扇着翅膀的七星瓢虫开了窗子关了门
一滴血跟上谁穿过沙漠
一句话跟上谁当过刀客
不就是一粒盐么
不就是一峰驼么
不就是一盏灯么
不就是一个人

望上一眼马莲花,就算是见了蓝天了
听上一段尕少年,就算是爱了一生了

## 盐城堡

一株草就是一口深井,一连串的鸟鸣一架辘轳不停地转动
我抬头
一个朝代在沉思,而另一个朝代像一个背篓的书生
在村口掘井。月牙是一个书签,夹在当空
如果打坐的不是一个老僧
而是一只青蛙
顺手翻翻身体里那枯萎又新鲜的水声
琅琅脚步踏响盐粒如鼓

而一个老农脊背上渗出的盐渍,其实就是
一张国家地理

# 须弥山

石门关上的那块流云
像丝绸
更像是一张种满马蹄的
天气预报

大佛拱手
祈雨
赐福:

菩提树下的瞎子
手攥菩提佛珠
牵他的小姑娘,为我
点亮了蜡烛

捻动佛珠
像佛走在沙路

佛啊，不是闪电，更是闪电
是你动了一下眼皮

上山下山
阿弥陀佛

# 宁　夏

太阳偏西，黄河九曲
西夏王陵里住着我的九把二胡
青石头里挑弦
一道雨夜的闪电

谁说不是大漠
谁说不是戈壁
谁说不是一匹白骆驼
踏过了落日

弯过的月亮
像一把阿拉伯锡壶
如果可以，让我坐上羊皮筏子
如果可以，让我和马伊娜一块渡过黄河去

谁是青稞
谁是黄羊

清真寺的大门开了又关上
钟声,在一个人的嘴边靠岸
又驶进了另一个人的心坎

谁是谁的肉肉啊谁是谁的狗狗
叫一声宁夏
再叫一声啥

# 宁夏：中卫

走进它
我依然，最先想到的
是锯疼我骨头的西夏
且不说满身爱情的没藏黑云
且不说，创造了西夏文字的野利仁荣
我的怀念，仅限于
沙坡头的天空下
一只老鹰后面紧跟着另一只老鹰
唳叫声
像是它们各自挥着一把时间的大锛
挖什么掘什么不要紧
但不要战争，不要杀戮
只要，哪怕是一根渡过黄河的芦苇也行
捎带来落日的红唇

锯就锯吧，爱也是一种疼
地斤泽里

一定有我的恋人

她在捻线,她在描图

她从黄河的墨斗里抽出了一根思绪

测量着西夏到现在的距离

测量着,从甘塘到甘州的距离

测量着,一粒枸杞到一滴血的距离

测量着,心与心的距离

测量着,我和你

中卫啊,命运拐弯的地方

沙梁上那人

地轴,转动胸膛

## 宁夏：沙坡头

我还没有把那个名字念熟
我还没有把那个词
种进诗经的一行诗里
我只是抬头看了看，一只盘旋的鹰
一圈一圈，给谁开垦着
一片雨云的荒地

沙漠波纹，是那么的新鲜
新鲜的像是还没有说过一句话的爱情

坐在黄河边
我像一个泵站，又像一个工厂
我生产了些早晨，又生产了些黄昏
我把这个正午，留给了
一列绿皮火车的一声长鸣

## 西夏磁窑遗址

一株草就是一口深井
一连串的鸟鸣一架辘轳不停地转动
我爱上了这里的空和寂静
还爱上了一些过往的人名
比如没藏黑云
比如野利荣仁

我想在一块瓷片里听听
一个西夏人喘息的声音
和他们生活过的烟痕
比如迁徙
比如在一个沼泽地边支起了怅惘的帐篷
我还想贩卖些枸杞给即将来临的夜空
几只蜥蜴窜来窜去
仿佛就是一次突然的部落之争

我想擦擦那块落日

想和那个牧羊人交换,他刚刚从荒滩里捡到的
那块护心铜镜

一只乌鸦红喙嫩芽火焰被风吹燃了
或者就是一个制瓷的人从一块泥土里叫醒了一阵埙的轻音
给一个人的口信设座庙吧
给一个人的大野铃个章吧
那匹白马几时才能跑到西夏里

风啊,一截秦长城的大锯
喑喑地拉着一把生锈的二胡

## 雪　崩

不必尽是一些伤逝

甚至啸

可以写一写一匹马眼角里的一滴哑嘶

一只青紫蓝獭兔，一束马兰花一样

摇曳在风里

也可以说

一个扛着一根秒针的人

在去修理一场

时间的雪崩

"她为什么要损失这么多的时间？

突如其来的新鲜感和变化感向她袭来。"[①]

---

[①] 引自左拉·尼尔·赫斯顿《他们眼望上苍》。

## 大斗拔谷

那匹马依然在草坡里转着桩绳
那只鹰依然在天空里绕着太阳盘桓
一只蜜蜂依然宿醉在一座花房之中

大斗拔谷里
时不时,传过来几声佛国的钟声
水是羊。羊是井。井是血。
牧羊人才是大地上真正的宗神
他可以把一天的时光装进一个小小的烟锅里
他可以把成天的日光捆进一捆芨芨里
他呀,能把那么大的一场暴雨赶进
一条河流里

有一阵子,我把一匹骆驼当成了
一个又古又老的老东西
不是枪,也不是戟
不是埙,也不是爵

不是甘肃，也不是青海
不是清朝，也不是唐代
不是西夏，也不是回鹘
不是琵琶，也不是箜篌
其实就是一座老古堡

苏黎呀，你能在一根月光上走出一条丝绸之路
我就能在这座古堡上
建起一座
只有我们俩的小西域

# 敦　煌

端着月亮,时光摇晃
眯眼呀,我啜饮了一口旧情的敦煌
凿空的驼铃,如同诵经
新情旧情,敲着铜钟

其实,我就是千年的那个赶路者
或者就是一个佛陀
在这个无情的世间里
化一些世俗的情缘
飞天女,琵琶如马,反弹着天涯

给我六分钟的默想
给我六年的修行

神,或者神谕
额头上的十字星针闪亮

三危山上,我饮一口夜光杯里的敦煌

给了我敦煌的敦煌啊

我回望了一眼内心的敦煌

## 古董滩上：阳关

这沙，这沙砾，这黄褐色的飞旋和沉寂

这低垂而迷香的云，这云缝里泄下来的欢愉

这破败的木轮车

这张望的酒旗

风呼呼响的古董滩上

有一具风干了的兽骨在摇曳

如果这时候，谁能想到爱情

一定会想到一个牵驼人疲惫的身影

想到一个碗口大的伤痕

想到一锭银子其实像不像一口棺椁呀比一口棺椁

更沉重。想一座四合院里种上了一株

日暮的红柳；如红肿的眼睛

这破碎，这远

我真想把此时的阳关比喻成一次来生的拜谒

时间啊，我递给了你一枚

夕阳的关牒

## 正午：莫高窟

一拨一拨的人
从一个石窟出来又跨界进了另一个石窟
脸色潮红俱带着虔诚
甚至对某种东西沉得很深
他们是否都看懂了佛的各种眼神
或者飞天女反弹琵琶的那声弦外之音
藏经洞的那个窗户空洞得仿佛谁把时间上挖了个豁口
或者截流了部分

我记得六年是怎样的修行
我记住了石窟穹顶下普贤菩萨祥瑞的塑身

我记得呀，三危山下，一阵又一阵的驼铃
像梵音，又像是一些人在不停地凿壁叮咚

我听了好些时辰，一动不动
我突然笑了一下，挣脱了泥塑的表情

# 瓜 州

这里是云歇脚的地方
是神偷觑人间的,小小的一块
月牙天窗

每一片柳叶,在风中
都是一枚眨动的眼睛
都是一棵树里挖出的渴望的深井

我在向一个西域女子问一个人
还是问去敦煌的路程
或者是,问了问我的奔跑的灵魂

沙梁之上,我跪成了一座殿堂
云龙纹的飞檐上
一对交颈的鸽子,先是低语,而后
诵经般,不停地
咕咕,咕咕,咕咕

向远的脚印里

盛满了

西夏的经文

## 布隆吉雅丹

一个卡车司机拧开水箱的龙头
濡了濡干裂的嘴唇
搓手洗脸。风,吹着一只狮子样的沙丘,龇牙咧嘴
把一股沙子打在了他的脊背

要听就听羊咩之声
要看就看穿行于蓬棵间的那个牧羊老人

可是呀,一个人,绝对是另一个人的
海市蜃楼

天堂还远,地狱已关门
我推着落日的独轮车
在人间的疏勒河边

一匹西域的胡琴
在我的血管里,饮水、嘶鸣

## 敦煌的月牙

小小的,薄薄的
我不想把你比成针尖
也不想把你比成一根白玉发簪
但我突然想趴在一个人的肩头痛哭
突然想在一个人的耳边说一声
等了千年的一个爱字

说是一排马的牙齿也行
说是一匹儿马抬起后蹄踢在天庭额头上的一个印痕也行
此刻,我想把你说成羌,说成乌孙
说成一个人的小月氏
再把你说成一只党项的羊
或者就是西夏王国里递过来的一张
指纹的传书

其实,它就是敦煌的月牙

就是能让我思念和哭泣的爱人的肩头一样的月牙
就是一把飞天女反弹的，琵琶

## 月牙泉

多么像我的生日呀
端端的,五啊,初五的那个眉呀
我宁愿把它还原成一条党项河
还原成一个水草丰茂的河湾
还原成一场绝世的爱

我心已静,无须梵音
每一粒砂子都是一座雷音

一队驼铃,漫上了黄昏的沙岭
丝绸的沙漠,让我爱得绝望的沙漠

今夜,我不带走什么
打着芦苇的火把
月牙泉呀,你就是我找到的,千年前丢失的那一印
天地之吻

## 莫高窟

三危山下,几匹骆驼,风吹毛动
如冉冉的篝灯
我揉了揉眼睛
仿佛揉着一粒紫色的青稞,又揉着一粒七色的颜粉
太阳能换一枚铜锣吗
打更的神
一击:是鹰鸣
二击:是驼铃
三击:是一声反弹琵琶的颤音

## 阳　关

我想喝水。
可水被一只蜥蜴端着的两盏眼睛
泼向了阳关烽燧。箭镞啊指向茫茫西域
烈日呐，我想天问
一匹骆驼已被大风吹成了一只铜色古埙

西出阳关啊：一叠天，一叠地
还有一叠，夕光的乳晕像死又像生

# 玉门关

除了鹰,除了一声鹰唳
还有什么撑得住,你在玉门关下想象的天空
我费了多大的精力
才使时空做了一次交谈
才把一个书生请进了我的身体里来
我让他翻着一本本旧书
又让他算了算到龟兹的距离
夜深的时候
我让他在我的身体里挂了盏心的灯笼
并和一个鞑靼人交换了些
语言和语言以外的东西

其实,我就是那个鞑靼人呀
我告别了身体里的书生
也告别了一些战争
和私情
我牵着一队属于我的骆驼,上了一个沙梁

一只蜥蜴,在漠坡上
不停地篆刻着过往的书文

## 西出阳关

敦煌的会生和我
仿佛古代结伴出关的两个书生
驻足阳关烽燧旁
他指着南边的当金山——空空的垭口
说了一阵曾经
又嗟叹了一阵眼前一浪高过一浪的沙峰
阳关遗址已被风沙或者说是时间
锉得,像是一只张着,而又无语说出的哑口
这破败,有时与心
是如此对应,有时
又遥远得如追逐了多年的一次爱情
失败得如此陌生
正午的太阳,像一盏昏黄的顶灯
为我们的做别,照明了一阵
又像一个感情脆弱的老人,虚掩上门缝
进了云层
折枝红柳,插于沙丘

如同供礼

且曲阳关三叠

一叠生

一叠死

一声鹰唳一骑尘

## 那一夜，在敦煌

那一夜，月亮已被喂养成了一只肥羊
依然在天上
啃着稀稀拉拉的星光

那一夜，身在敦煌，却是那么
突然地怀念敦煌

那一夜，眼望党河，银鱼游弋
感觉正在和一种叫来生的东西
擦肩而过

## 月照敦煌

月照敦煌，照着
党河上那如弓的人间桥梁
月牙泉边，我咳嗽了几声，望了望天空
如同那人用斧头砍掉了几枝近似相思的疾病
坐在鸣沙山梁
我想了想古代的党项，还想了想月氏和羌
一丝风声，来自内心
怨什么怨
月照敦煌，也照玉门关外
刚刚给我发来一声驼铃的新疆

## 新疆的月亮

毫无疑问,肯定是新疆的月亮
在鄯善
在天与地的夹角间
一只银狐,晃动在远山之中

秋天的棉花地呀,白得可怜而又安详
我把它说成一场爱情的独白
似乎更适应地边的那台拖拉机

更适应一列绿皮火车
穿行在新疆大地

两盏石油汽灯
被我越看越红,越看越像
两个铁匠在打造着下一刻马蹄奔腾,叮叮当当的星星

此刻,别遗漏了
一滴轻轻滴落的水银

## 红星砖厂

我真想在月亮上建一座红星砖厂
建一个火车站
然后我总是走在
砖厂到火车站的路上

此刻,火车咣当咣当
和砖厂里砌坯机的声音一模一样
她砌坯
我拉坯
一夜了,好像我一直在倒卖八十年代的月光

我把哈密都用光了
也没见那个从巴里坤来的姑娘

我记得,那个外号叫毛驴子的队长
他总是抽着莫合烟,烟头一闪一闪

黑黑的脸膛

像是开着一架油田,又像是一座煤矿

## 石河子

那些牲畜依然在收割后的地里游弋
火车上又下来了一波甘肃、四川，或者
更远处的河南来的摘棉花的妇女
有一些没有下车，趴在车窗上挥手示别
——她们去的是另一个地方：奎屯

大片的棉田像霜冻
更像是一个毛雪的早晨

有几缕从牛鼻子里升起的炊烟
才能叫兵团记忆
有一声汗血马的长嘶
才能叫新疆大地

## 玛纳斯河

他们停住了
像两个世纪,相互望了望
还有别的,比如石头,比如像个象征一样仰首的马
说琴也行,说个更古老的东西也行
怪坏了的天气,才能在这个季节下雪
只有怪坏了的爱情,才能把夕阳
放逐到一场雪崩后的边境
才能把一条河
放逐到古尔班通古特沙漠之中

## 巴颜喀拉

小溪流。
还有从一堆词里面挑出来我们使用了一下午的落日。
我想给它重新命名。
我想把一只燕子镶进一枚铜镜。
村庄很旧。
正在和一头黄牛以旧换新。
巴颜喀拉。巴颜喀拉。或者一个更遥远的地名。
——一个黝黑的小伙连连说了几声。
棺椁很重。
好像我们是给一个词语出殡

# 折　叠

有着忧郁品质，那是青海湖一波波
褶皱的蓝。汹涌的八月
汹涌的骨骼

我在倒淌河小镇上拜谒了文成公主的
雕像后，在一座小桥上独坐
钻出云层的夕阳
像是大病初愈

空空的青藏高原
我亲亲的青藏高原
一只猞猁的藏獒
仿若一件古老的法器
匍匐长礼者已远到了雪山的紫光

一粒麦其实就是一个折叠的海子
就是沉默

就是一滴世界的泪珠

就是拒绝说出

和

告别

# 冈仁波齐

一头牦牛把一只角插进一个岩缝
仿佛和山角力
一朵黄花边是一墩狼毒
更多的是马莲骨朵

老鹰巨大
像是一架盘旋着要降落的飞机
除了活着，
还有死亡的气息

四千多米，下面的水
也就像是那谁刚才激动时的一滴眼泪
当然还有爱我和我爱
还有我心中永远不能说出的怀念

我想把绝壁上攀岩的一只羚羊分享给谁
我心里一直念着冈仁波齐冈仁波齐

我的身体就是天地之间独响的
一枚皮鼓

雪很白
冈仁波齐战栗着
雪崩一样的爱

## 罗布林卡

那个喇嘛要制造怎样的一场晚霞
把一些话念给了神间
把另一些话,念给了人间
越捻越亮的是一串串露水

我要穿戴怎样的一场秋风
才能还愿一次
衔草结环的爱情

罗布林卡
黄色屋檐上究竟贮藏了多少的诵经声
才能渡一匹雪山的来生

我白着,我还要白
长长的寺院白墙上一个人在徜徉
点灯,煨桑
合十的双手,像时间的瀑布在流淌

不说印度,不说尼泊尔
罗布林卡,两片落叶,一前一后
两个回宫的小僧,磨磨蹭蹭

# 来 生

白渡姆菩萨,远望高高的喜马拉雅

如此晚霞,不及打坐山顶的一个红衣喇嘛
翻遍了黄昏
也找不到,这么好的时辰
翻遍了白昼、黑夜
也找不到
这么好的落叶

罗布林卡,我想遍了所有的人
除了你
我再没有找到另一个
更好的来生

法号声中
我偷偷看了一眼,你的泪,和
内心

# 索 加

像是一支乐队突然停止了演奏
如此寂静……如此,月牙的拨片
掉进了草丛之中

天不亮时,穿过珠姆草原
贡萨寺的风铃叮叮当当
像是一个人蹲在头顶的天上
擦洗着星星和月亮——
那心灵的拨片
在草丛中
闪亮,一如一块刻着"唵嘛呢叭咪哞"的玛尼石
在长江边
长江源

索加,一个人烟稀少的草原小镇
给我献上哈达的拉姆琼展
阿顿啊,中午有雨

四千三百米的高地上
两点二十
青稞酒
雨
干牛粪
可怜兮兮望着我们的一只土拨鼠

雪山之侧，有几顶帐篷
像是天界
那么地界呢
一只藏獒，拖着一道闪电

那么我如此怜悯，或者被谁怜悯
依然是想谁
想谁

想谁
世界上究竟有谁

# 在治多

拉木措
我们十几年前见过
或者二十年
或者就是另一个世界
跪在经幡前
雾像一个人的眼泪
想念的人和物,这时才觉得何其遥远

雾散去
一头白牦牛,雄性的角杈
像是一个壮举

索南多杰去了可可西里
格萨尔在杂多
只有珠姆——

嘎嘉洛

爱啊，比爱
更爱

比半块月亮，更疼
更想

## 长江第一湾

索家乡,走了几个小时

整个草原上

仿佛只有这一户人家

只有一只狗,急速地,像是从

铁索的黑洞里冲出

琼展——文毛

文毛琼展

一个穿着藏袍的她

从褐色帐篷里钻出

一排集装房……电视接收器,和太阳能极板

折弯,上山,十二盘盘山路

泥泞而陡峭

屏息凝神

只有那只獒

撕扯着说不尽的无奈和寂寥

恐惧也会疲惫

比死亡，还欢喜

山顶上的白经幡

写满了神秘

摸一遍就念了十遍

草地上，长满小花

像是祈祷


看着山对面，江那边

湾里

两顶白帐篷，和蚁一样的人

不动

牦牛不动

水不动

天和地，远和近，大和小

鹰不动

人啊，什么都不重要

唯有活着

活下去，混沌……最终，像一只羚羊的尸骨

龇着嘴唇：

痛苦或开心——

活着

那个石头上刻着经文的藏人：

唵嘛呢叭咪吽

## 玉 树

每个人本身就是一个
移动的
经筒:
才娃
琼展,或
仁青
旺姆

抬眼间
雪山白的,仿佛
我又重生了一次,何况
还有从远处传来的一下下
湛蓝的钟声
不是夹杂
是复调
是一只雄牛吹响了自己头顶上的
那把号角

三千七百到四千,到六千米的海拔
从一匹马,走成了一只兔子
走成了一只蚂蚁
然后成了
挑亮月牙的
一根针

孤独本身就是一种修行
不知的孤独
亲近的孤独,和
离开的孤独

人在高原,想或者不想
悄悄地孤独

## 哈拉库图

云低垂
偶然的裂隙仿佛两块岩石在发生着
纪年的嬗变。鹰非黑喇嘛
但它的唳声,依然像
某个灵魂里逃遁出来的
救赎之音

仿佛抚摸
仿佛慰藉
再多的絮语,也无法叫醒时间深处的
一声蛮语
那就让药河的水闸释去吧
那就让日月山忽高忽低的雪线批注去吧
一声牛哞,不过是岁月舞台上
沉默太久了的一句戏词

哈拉库图,哈拉库图

且看村口的那个老者

脸上迷惘的表情是怎么流失的

然后,又流进了身边

那个土伯特小孩的表情库存里

一样的顿挫呀

一样的语速

哈拉库图,莫多吉

指着山顶上的遗址,他,他们

反复地说着:

哈拉库图,莫多吉


风声翙翙

似乎什么东西在不停地扇着翅膀

是啊,每个人的身体里,都有一种

看不见的飞翔

包括那匹打盹的马,和一只挣着桩绳咩叫的羊

何况几段被一再磨损了的旧堡墙

更像是翼动


我学着那老者的口气

一边念着:哈拉库图;一步一个脚窝

登上了堡头。我才明白

和风一起

如缕翱翱的,还有被时间沤黑了的墙土

向远眺望

山坳里的庄稼已收割完毕

一个人走在了金黄的茬地

他佝了下身子,趸摸着什么

又继续远去

显然就是先前在垭口遇见的

那个托钵僧侣

而山的另一边的牧区里

已腾起炊烟

*丝丝缕缕*,仿佛那谁在天幕上

篆刻着:哈拉库图

## 日月山下

唐蕃古道旁的那头雄牛
低声喘息,绝不亚于一次滑坡的迁徙
我停下了车子,还停下了心里一种过于急迫的东西
且看那牛,眼睛的铜铃随风晃动
仿佛祈祷
仿佛诵经
仿佛,庙堂檐角上经年的寂静
突然就当地一声

文成公主已然成了一句佛语
还带有点边疆的含义。还有爱和远古
头顶的岚雾一直飘摇些说不清的忧郁
山一会儿隐一会儿现
还露了会儿晴空

且听山坳里愕堡上的经幡拍打翙翙

牧羊的老阿妈已在半坡的土灶上
搭起了冉冉昕昕的黄铜茶炊

## 那年西宁

大坂路上，雪越下越大，暮色降临
车子吃力地爬行
时不时地还会向后松动

甚至，感觉到冥想都会失灵

车灯已亮，上下眩晃
照见了岩嘴上蹲伏的一只老鹰
风吹羽毛，翻找着什么时辰
眼神迷离，仿若失踪

它突然唉了一声，飞向空中
——给谁报信去了，那样的急慌
而跌跌撞撞

## 戈壁滩上的羊倌儿

鹰翅骨做的烟杆
银烟嘴
蹲在一个岩湾里
他抽上几口旱烟
就探头看看远处的羊群
他一动,像个走风漏气的炉子
所有的骨缝里都在冒烟

一只鹰
在头顶,静止不动

## 可可西里

一只藏羚羊在吃草
另一只在咩叫
抬起头来的那只,又抬了抬前蹄

一群藏羚羊突然一个趔乎
而后竖起了耳朵
可可西里
能听到神说话的地方

## 曼德拉岩画

一只鹰在啄着什么
那一定是神派来接生的巫婆
每一块岩石都是一个黑夜之门
都是,一个睡久了的部落

每一个早晨
都是一个映满血红的降生啊
放出那只盘羊吧
放出那匹双峰骆驼
两个私奔的人,与一群狩猎者
结成了同盟

鹰啊,鹰在敲门
打开佛门的
是一声禅坐万年的
鹿鸣

一千七百米的高山上有雪
是雪
以它们的白
滋养着这些黑岩画

蒙古高原,阿拉善的风
吹着一群人类
穿行在曼德拉峡谷之中
寻找着另一群人类的美和
伤痕

## 手印岩画

我坚信
那块岩石里一定有神
他一次次伸着手臂,想爬出来
渗出的血
被人类借用

头顶的月牙
是他呼吸的天窗
他的喊
叫疼了牧羊人

一个羊圈
开了谢,谢了开
一眼泉水的

混沌

## 在雅布赖小镇

一只啃吃蓬蓬草的骆驼
突然抬头
突然出神
一只岩羊,从它左眼的山洞钻进
又从右眼的山洞钻出
攀上了雅布赖山顶

眺望
小镇上的钻天杨
像银针一样
针灸着这个乍寒还暖的深秋
每一片黄叶
都是日子盐析出来的晶体
当然,一片盐,也照样在一个
走长路的人的脊背上析出

怀揣六十八度蒙古酒的巴特尔

摇晃着落日
他是想把它扳下一块
还是，想把它
也揣进怀里——

落日太大
落日太美

落日呀，燃红了
琪琪格的小名

## 阿拉善的忧伤

你的脸,夜色中的一个村庄
牵驼的人走上沙梁
白天的大火和白天的思念
都撤到了沙漠边缘
再撤就成了一堆篝火和
一顶蒙古包了。那么,我的脸呢
哦,那是另一个村庄
那是阿拉善的忧伤
那是巴丹吉林的忧伤
那是曼德拉的忧伤
我的眼睛是两场战争
孤独和孤独不能相碰啊
星星的忧伤,马匹的忧伤
全人类的忧伤是我一个人的忧伤

我只能转过身
用眼泪沏灭篝火

让夜的黑更黑
一味复仇的中药

## 额日布盖峡谷

每个山洞里
都端坐在一个高僧
丹霞的山体
是他们发光的身体
映红的

岩壁上
那只吃草的
羊
是谁雕上去的
它咩了一声
像是诵经

还有什么
不知,比知
更加让人安静
而神圣

# 巴丹吉林岩画（组诗）

## 一、驼队

天苍苍
草枯黄
向北，驼队
一路向北
驼的是雅布赖的盐
还是运向天边的水
风把一匹马打了个趔趄

小心啊
前面就是曼德拉大峡谷
一不留神
可能就会走进一块黑岩石里

似乎预感到了什么
那峰大驼回首打了个鼻喷

而那匹花斑马

像谶言一样

长长地

嘶鸣了一声

## 二、围猎

这是雪霁后的后晌

太阳，红兮兮地

像一张咒符

更像是一滴血

岩羊血

北山羊的血

野牛的血

还是那个受伤了的狩猎者的血

射吧，射吧，射吧

像后羿射日一样

射下那一滴血

大功告成

巫师

祈祷吧：

马蹄深陷岩石之中

## 三、狩猎与骑牧

一队盘羊

举着磨盘

去到哪里建造一座磨坊

盘羊呀越走越远

已走成了一根地平线

骑马的人

手持弯弓

眼睛也眯成了一根线

两根线要打了结

就是一个部落的

生存史

鹰啊，天空中一只老鹰

眼睛里有两个叶轮

不停地转动

运送着，神的旨意

## 四、方形图案与人

他走累了

想造一个栅栏

用自己的肋骨

里面有一盏松明

明明灭灭地闪动

犬吠，很猛

但

永远进不了他的栅门了

## 五、斑点纹与骑者

一声吆喝

马群飞奔聚拢

还有牛

还有羊

还有老虎和众多飞禽

骑马的人

高于天空

他要把太阳和月亮的位置

挪一挪

像两个齿轮啮合

其实，是

两个时代在

较劲

## 六、山羊交配

天

地

人

两只山羊啊

深陷于石头之中

我和你
并不比它们
激动

所有的山川
所有的草地
都在战栗

一只羚羊
奔走相告

## 七、鹿、人与骑者

头顶大树的马鹿
或者
就是从万里海底驮来的珊瑚

背弓的人
日夜追踪

射猎

仅仅是一种仪式

那里面

有太阳的血

月亮的泪

和酋长的精液


## 八、马与羊

我的大月氏呀

我的小月氏

我的羌

一只党项的羊

和

三匹西域的大宛马

在茫茫戈壁

看起来

比落日

还荒凉

## 九、符号

一只野牦牛
绝对是一个大巫师
它眯眼
它默行

它要创造一幅
大咒符

有弓
有箭
有弩
用落日的昕红代替了
人的血迹

哞地一声
敲定
挂在了一块石壁

## 十、叉腰人与猎鹰

脚踩闪电的猎人啊

从肩头上放出的猎鹰

盘旋在空中

它在测量

与一只兔子的距离

狩山狩猎

光芒四射

## 十一、不明图案

打着火把

就地宿营

每一根火焰

都是通向西域之路

焰芯里

修座庙宇

## 十二、舞者

脚下
磷火游弋
身上
血液汹涌

你们在舞：

盘羊蜷曲
羚羊奔突

一只花斑豹子
喘着粗气

你们在舞：

穿着兽皮
敲着髅骨

你们在舞

## 十三、神像

每个人
都推着自己生命的车轮
在前行

星星的乳头
月亮的嘴唇

太阳啊
是我们的宗神

## 十四、人面像

两道眉毛
两只猎鹰

什么山川啊
什么河流
什么冰
什么雪

什么雨
什么霜
什么火
什么电
所谓的山崩
只不过是动了一下
小小的表情

两只眼睛
依然
平静如
两个相邻的海子

## 苏亥赛岩画

两只北山羊
在一块岩石上交媾
咩着密语
喘着粗气
一道石缝,我放下牧鞭
我用我的大手印
可以把另一块乌云撑住

牧人跪着
凿呀凿
苏亥赛草原上的每一个草,都像自己的汗毛
苏亥赛草原上的每一条河,都像自己的身体

这些石头里
究竟有多少人在生育
太阳啊
一次次狂欢后

挂在了头顶的
一块牛头骨

摸一摸吧
每一根线条,都是从闪电上
剔下来的

# 鹰

阿拉善盟,蒙古高原的上空
一只鹰的翅膀上究竟能驮动多大的寂静
它盘旋,它俯冲,它趔乎
突然就唳了一声

一个人的思念也不过如此
一个人的伤心也不过如此
一个人的遁世也不过如此

一匹走出沙漠的双峰驼
昂首,孤傲,挟带着我身体里的冷峻
看鹰
看一粒太阳的舍利

巴特尔,或者就是那个叫布仁孟和的牧人
我喜欢什么来着——

从左旗到右旗
五百多公里的距离
就是那个有六十八度酒一样烈的人名字
琪琪格,红
红琪琪格

鹰像太阳,太阳
像鹰

## 龙首山消息

天色苍茫
我还在思考着一个难以忘怀的过往
打着口哨的人,行色匆匆
像是有什么过于兴奋的事情

扎斯达尔又在龙首山中发现了几幅古老的岩画
人和羊,还有鹰隼
一个行巫者,跌倒在血泊之中

我说的不仅仅是夕光
这时的落日绝不亚于一匹奔跑的枣红
说是一次转场的狩猎也行

我记得,我拢着一盏油盏
我记得,乌鸦滴水,涵洞湿润
岩崖上站着的一个牧人
脸膛黑紫,俨然一位宗神

## 龙首山岩画

那个骑马的人
消失在了龙首山中

谁是神
兴许就是那个挖锁阳的人
兴许
几只北山羊,声声如凿
敲着天堂之门

谁是大雪
谁驮着一个隆冬

太阳啊,一把长长的铜号
挂在谁的腰间

谁最虔诚
谁就可以把藏传的六字真言

像刻在一块岩石上一样
刻在心中

我拇指掐紧无名指
我在翻译
我已建起了一座身体的庙宇：

唵嘛呢叭咪吽

## 胡杨林里

那样的黄叶绝对不是人间能交换的货币
我肯定是打开了神的一个秘密
我能读懂那些叶脉的象形文字——肯定是
一个隔河相望的爱情故事

哈拉浩特,哈拉浩特,哈拉浩特
一阵马蹄穿过了我的身体
我肯定能从那块浓云中
牵出一匹黑马,手攥嘶鸣
我要把一片胡杨黄叶,贴在了
落日最最忧伤的伤处

我要把我曾用过的那把
闪电的钥匙
交到神的花园

# 献 诗

白唇鹿。草坪。
隔间屋里的猎人。
我教你劈柴。我教你汲水。
放飞的老鹰落在了你的手掌里。
小木屋的墙上写着几个旧体字。
我把它翻译成了新私语。
一辆火车去了乌鲁木齐。一辆火车去了青海。
覆满苔藓的礁岩上。
铸着一尊青铜。

白唇鹿。河流上的帆帜。
小白银。

# 西北偏西

翻越祁连达坂时我还醉着
大冬树垭口的风和一只老鹰
经幡猎猎的高原黎明
搭讪我的是一个
围着黑纱的，撒拉儿女人

尕木匠宾馆里
我和一个康巴汉子碰杯：
说到了玉树，说到了黄河源，说
过了俄博就是甘肃地界

半夜下暴雨，一道闪电的刀子
把我撂倒在
想你的荒原草甸里

西北偏西，再西就是阿尼玛卿
大通河边，我怀抱

空空的来生
怀抱河水汤汤的
一把筌篌

## 恰卜恰恋人

落日啊，我再一次把你比喻

磨旧了的门轴和新私语

风吹酥油灯，洇染草原，成吉思汗的马蹄

吹吧吹吧，我再一次转身探向了篝火般的落日

就像那一日我把脸埋进了你的怀里

车站那边，一个象征性的藏族妇女

梭出藏袍的小孩子的头颅，像是一个

小小的袋鼠。紫色啊经过多少个夜晚，才能转换成

一个恋人的比喻

啊，恰卜恰，恰卜恰

我的恰卜恰恋人

恰卜恰就是你的小名

你在哪顶毡包里捻动着藏传佛珠


恰卜恰，我的恰卜恰恋人

隔世的禅语

来世的谶

堡墙上，刻满了
我看不懂的吐蕃文

## 巴音村

这是两头牦牛的村庄
这是十头牦牛的村庄
这是一百头牦牛踏过落日——
烛照摩崖的村庄

你不叫娜埃莎,你不叫哈日嘎纳,你不叫卓尕
你怀抱孤独
一首诗的孤独,是世界的孤独
你怀抱河流
一把琵琶
波光粼粼,如夜间的大火
夜里的骨骼
夜里的梦
夜里的疼,和
翻身

五月的巴音村,五月的草原

一朵垂藤的风铃花蓝色的穹庐

我是你的遥远

我是你的近

我是你的毡包

我是你的马匹

我是你的白昼，我是你的神

我是你的夜夕，我是

你的酥油灯

## 康乐草原

一些草在沉睡,一些草在宿醉
一朵马兰悄悄地拉开了
紫色的,海子微澜的窗棂

草浪上,一只白唇鹿
发着爱情的光芒
白唇白唇,嘶鸣一声
发射出让人辽阔的心碎心疼

赛罕塔拉,即使靠在一茎草穗上
把蓝天关进身体里
也是一种独世的思念,和深
何况还有康隆寺的钟声
一击一击
敲打着骨骼和灵魂

一只隼,我说的是一只隼鹳

一个人打着一盏古老的铜灯

它唉了一声

它战栗

它动

它眯上了眼睛

世界开门

## 牧　场

那只鹰，折叠的风
我把一只蝴蝶安在一朵花上，像不像一束灯焰
我把一只蜜蜂在一对扇动的翅膀上打磨上一个时辰
像不像一盏金樽
有一股小风好，只不过是那只鹰停下飞翔后
开了身体上一个小小的门缝
有一点小疴好，可以使你处优，可以
使你养尊
可以使你牛乳中洗过的睡莲
金樽对酌，身体摇曳
这是我第几次打马走过这片草原
这是我第几次打马经过这个庄园
我在一条小河边
洗净了我的身体
和手
我的手

一遍遍,被一股股头发冲洗到
诗经的源头

## 旷野上。一只鸟从我的头顶飞过

大片的葵花已收割完毕。没有马
只有一丝风骑着一把二胡驰骋在西域
再大的旷野也是一块田地
再小的心也是一个国度
羊的眼睛其实是两枚图钉；它吃草；它咩叫
把自己钉在了深秋的这个早晨
阿尔的太阳，好像敦煌
一声鸟鸣飞过我的头顶，仿佛颤音
一句话也像是一次反弹琵琶
一片竹柳，也像是
另一个国家
每一片云彩都是一个飘动的经幡
每一个葵盘都是一柄金黄的灯盏

时间啊，当的一下，仿佛生命中不可或缺的
又一声颤音

## 山中：正午的神

那是一排排羊圈，那是一个凿水的人
一排排神的脚印在深山中
羊咳嗽，羊搭篷，
一只黄鹰扑住了一只小鸟似乎一次部落之争。那么
那些塔塔儿人呢；那些蔑儿乞人呢；那些畏吾儿人呢
大片的丹霞丘陵，仿若驻扎了很久的蒙古大营
我突然就想起了你，想起了当世的一句低语
像是那只看我的羊突然撩起的眼皮
其实是正午的神，给了我
一个小小的偷觑

## 我指给你看

你指给我看,那些轻纱一样的薄云
是谁刚刚浣洗后
挂上去的。一只天鹅
倒像是一个人的头巾,被一股微风吹着
缓缓
落在了湖心

请弯腰
请把自己的身影放在涌动的水波上搓洗
一个人的灵魂
可以小到,一只七星瓢虫在一朵紫莲花上晾着翅衣
可以大到,湖水的蓝,蓝到荒芜的古代

那么,我指给你看
一个人的渺远如果被一座佛塔所置换
一个人的亲近如果被一声鹳鸣而呼唤

那么,哗啦啦的芦苇荡里
是不是住着一个小小的小小的小小的爱的小国度
是不是住着一个大大的大大的大大的爱的大虚无

## 硖口堡

冷风中，故土寨窣
空气也有一道道皴裂
那远了近了不停的鸹声似乎缝隙的撕扯
一帘帘雪雾翻卷着穿过门洞
时间一次次的掩面亢奋
那瞬间探出云层的日头成了大清朝的顶戴花翎了
铁匠铺里叮叮当当地装订着白天和黑夜的册页
装订线原来是一根拴马的鬃绳
一锤下去是江山
另一锤下去就是朝代了
而穿过麻纸窗牖裂缝的映动
像是为两个眼睛穿针引线
那不关乎爱情：爱情已像一只白狐打着两盏昕红的灯笼
那不关乎生命：生命其实就是打着灯笼的那只白狐渐行渐远的背影

还记得西夏的马蹄踏过草原的阵阵疼痛吗

还记得黑衣女人手中紫鹃花里提着的那个朝廷吗
阵痛其实就是数道闪电在天空的交织
爱黑衣女人，也爱甘州回鹘
无须再创造了，那每一块马蹄铁就是一个党项文字
无须再臆造了，那一只盘桓的兀鹰就是一面大夏的旗帜
山顶上的那个牧羊人
打盹，扯呼
猛地醒过来一阵东张西望
仿若我身体里的那场战争中
走失了的一个士卒


"锁控金川"，每一条道路都被凿进了石壁
每一声吆喝都挂上了烽燧的锁子
恍惚间，还听到了一辆高车戛然而止后
猛然的一个趔乎。雪中牵马的人啊
其实就是从摩崖上走下来的那个鞑靼商畜
他和匈奴有没有关系
他和西夏有没有关系
他和村里的朱姓老汉有没有关系
他和我究竟有多大的关系

谁在敲门,谁在点灯

谁把一枚月牙儿拨亮了,辨认着谁是谁的前身

# 北　麓

想那泥泞的雨夜山洪在后沙河里汹涌了一个晚夕
偶尔塌响的岸石在水中滚动，偶尔一只鸥鹑子惊叫了几声
想那马的霜脊芨芨冰棱
想那昭君出塞白牦牛的宫殿上琵琶声声
一只黑獒把铁绳摔打得如同百结的愁肠，想那一声想你
一个休止符，好久了好久了好久了……

一块乌鸦的黑铁突然间被不停的哇哇凹凸之齿
锉得落着巨大的寂寞之粉

想那刮了很久的一场风暴停息了
所有的负赘都被卸载到了过去里
一个人宁静的身体不过如此，一个人干净的身体不过如此
只有几片落叶像曼妙的音符啄食的小鸟
向前，一跃一跃

这里适合思念，这里适合迷盹

当的一声，是我把一块新时间放在了旧时间上的小小挪动

# 打 磨

一匹马
在山顶上转着桩绳
一些疑云,在擦着夜空

铃铛声声
皮车夫的吆喝声中
刮木紧凑地响了一阵

一匹马在
嘶鸣

肯定是,那谁
扔掉了抹布
端着镜子,照见了
人间:一群牛,在青稞腹地

纵深处

一只鸟唧唧唧唧

像是一个银匠

在不停地打磨着一件银器

——时间；

或者夏日塔拉的思念

## 雨 后

雨停了
夕阳很旧,似已生锈
突然滑过铁丝的几滴水珠
不是眼泪

黑乎乎的橡头
矮冬青

燕子啾了一声
斜身
进了黄昏

## 西域图

我的大月氏呀
我的小月氏
我的羌
一只党项的羊
和
三匹西域的大宛马
在茫茫戈壁
看起来
比落日
还荒凉

## 没藏黑云

### 1

坡上,一小片薄雪
一行——什么呢?——也许,就是一行
另一个国度的文字
那只刚刚飞起的黑鸟,回首鸣叫
仿佛朗读

连风,也凝固在了一片枯叶上
连地埂窝里的一墩芨芨
连坟头上的那张黄纸

### 2

有时候有你
有时候没你
有时候,我真想把一座山命名成你的名字

你突然说起没藏黑云

那是西夏的一个女人,地斤泽,黄河边,

落日就是她下颌上的一颗美人痣

3

而此刻

弱水河边的一匹枣红马

屁股上有我烙下的

一块,密令一样的

旧时间

4

山冈上的白羊

筏子里装满了,每叫一声

都是一个熬人的晚上

过了山冈,还是山冈

再过去,就是我和你久久坐着,

看落日怎么落进身体里的一个,嵝崾

那时候，我们真的可以称作一对小神仙

## 冬至，与苏黎沿一道铁路去大佛寺、祁店水库

这是一道通旅游小火车的铁路
已停运好多时日
一些脸已经隐去，另一些还像问号一样，
挂在一面虚空的墙壁
枕木缝里的积雪是前几天落下的
此刻，天半阴半晴，像是一个
失恋的老人，放出的鸽群

几只羊，咩叫着
穿过铁路，向沟道的一片树林走去
那里有黄叶，有荻草，有神的脚印
还有更安静的黄昏

祁店村那边，人头攒动
隐隐约约的锣鼓声中
举行着冬至节的民俗活动

我们走上了大佛寺后的山顶
又遇上了去年的那个老僧
他依然手捋白须，修着一道
通天的思路
他的眉毛，并非覆雪的茅屋
也不是一截走错了的小路
此刻，我觉得
那恰是一本翻开的经书

而那匹马
依然像是一个没有偏旁的字，抑或
琵琶也行
箜篌也行
它突然抖身、长嘶，仿佛
又打开了一扇红漆的寺门

# 绿渡口

## 1

天空阔浩
流云耄耄，从玉树到治多的路上
每升高一米海拔，我的心
就像是增加了一个功率
每一座经幡都是一个泵站
向我不断输送着，高原的神秘

这里只有圣洁，这里只有高贵
风是细密的使者
它曾送来了文成公主
它曾，弹拨每一个人的心弦
捻弄着游丝一样的唐藩古道

一声牛哞
如同一叹惆怅

如同惆怅后的一次整饬
把一巾哈达献在了月亮之上

## 2

在这里
一滴露珠可以把一株草,放大成了一片草原
而一根月光
可以把草坡上的一句藏文
点燃成数盏摇曳的酥油明灯

在这里
哪怕一只游弋的藏獒
都像是突然间降临的神
提着两盏铜灯一样的眼睛——
眼睛一样的铜灯

在这里,我与两个斜穿藏袍的小姑娘擦肩而过
轻轻一笑,然后
然后是一生的一次回眸

3

聂恰河的水啊
波纹连着波纹
像是谁在一页页翻着一本经书

且看落日
且看一个打马而过的康巴汉子
我甚至看到了一道闪电的缰绳
把它,一直牵到了
神的花园

4

嘎嘉洛,嘎嘉洛
长号已吹响
迎亲的大辇浩浩荡荡
不是复制,是一次美的唤醒
僧侣的诵经声浑厚永恒——
嘎嘉洛,嘎嘉洛
如同擦亮一枚银器,擦亮绿度母,
擦亮玛瑙,擦亮月亮,擦亮太阳,擦亮你的名字

绿渡口上背水的嘎嘉洛
一滴水就是一个湛蓝的湖,就是一个灵源
而一滴雨
就是一声天籁
格萨尔王的马蹄声,如一枚枚金锭
照耀山谷
不不不
更像是一声声心跳
更像是溅出历史的一颗颗星星,
把天空装点成了一个巨大的婚房

嘎嘉洛嘎嘉洛嘎嘉洛
神的女儿
传唱人的舞袖,在雪域高原上
把天路又一次擦亮

5

白螺湖畔
牦牛的帐幡
布满岗岘

一朵蓝铃花的花蕊,星罗棋布
笼罩了整个天空的秘密

洁白的珠姆
端坐我心里
看一只大鹰,在蓝缕里
写着一行行蕃文

煨火,煨桑
把一句句祈祝,煨进了
虔诚而战栗的身体

# 6

每一个人的脸上都写满了
古老而空旷的文字

突然的大雨,突然的爱
突然的草原上走过一个牧牛的才旦

突然的一个"怜",是我想到的
最适应与爱有关的字

我怜一只盘旋的鹰的孤傲
我怜一匹出神的马

我怜一只左顾右盼的兔子的眼珠
像是永远不能触摸的两个相邻的海子

我怜我自己
怜我在偌大的草原上,怀念更其遥远的可可西里

卓玛,卓玛,卓玛
谁来给我攥一个暮晚一样温暖的糌粑

7

我想伸出臂弯,与长江第一弯牵在一起
像两个情投意合的好兄弟

这里适合漂流
这里适合生死

这里适合造字

鹰，不过是我们用旧了的一张牛皮纸

叶青村，像个村名，又像个人名
草坡上，让云影，把我们的身子也拓上去

哐哐哐哐哐哐，哐哐哐
一只藏獒敲在仪式的黑鼓

## 8

旧寺遗址
一道道墙垣，已像是一张张旧符

那么多的窗户，那么多的门
我竟然打不开一块长江石头的语言之门
那三叶草的纹路
那昆虫的腰身和眼睛
还有那两个小小的身影
绝对是神谕我的爱与不爱的新私语

一株铃铛花上
一只蜜蜂，从一朵花房爬向另一朵花房

像一个摇着经筒的小僧
从一个禅门,进了
另一个禅门

9

贡萨寺里,我保持敬穆
风吹风铃,喇嘛念经
请为我加持:
一拍消灾祛难
二拍健康幸福

## 裸 原

——青海行

### 1

白鹿的草唇间,嚙着一块落日
必须有一声鹰唳一样的暗语镂刻在空中,我才为你开门
没有马,只有一声马鸣,没有人,只有一声石头和蹄铁相碰的琶音
雪山的紫光,又一次为时间拉上了帷幕
而贮存时间的恰恰是
一口镂有交媾图的陶器

蹒步的老阿妈又在喊她女儿的名字了
头顶上簪着月牙的女儿
三十里红柳灯花,三十里山路出嫁
黑河啊,那只嘬水的牦牛眼角里为什么有一丝霜闪
惊喜么,疼痛
小到了一个小小的霜针

大到了这野牛沟一河的涛声

2

是谁在敲打着西空
是谁在敲打着极地

是谁在敲打着夜夕
是谁在敲打着我身体的木鱼
当当当当这片植满啾啾的息壤

而每一天都是奇迹，每一天太阳都能从东角升腾
卓尔山顶的那座寂庙啊，
原来你也有尘世，你也有瞬间的战栗
那一束顺檐而过的光，却原来是你为谁穿针引线的
禅语。再敲一下吧，我的释迦牟尼，我的吉檀枷利

我已上了冰达坂了，我已到了大冬树垭口了
如缕耄耄的经幡，拍打着空空的蓝空
就像单于
就像吐谷浑
我是我的部落，我是我的神

雪线下睡着的那头牦牛，弯弯的犄角
昨夜，有谁
缓缓穿过的月亮之门

## 3

扎沙。
老日根。
瓦日尕。
热水。
默勒。
哈尔盖。
一群牛和一群羊混在一起穿过公路
赶牛的妇女，绛紫的脸，像盛满了夜的一只碗，
匆匆间，还没有来得及倒去，
我看见了她红丝的闪电，我看见了她淫雨的宿醉
驮筐里的两个孩子，探头探脑
像两只旱獭哨身于腐殖的土堆，像是刚刚来到这个世界
最是那头雄性十足的黑牛，尽管这是深秋，尽管这是午后，
脊顶上却有，一绺挤压的雪峰
也许就是它一直驮着的一个大雪隆冬

也许是渗出它身体的一道光缝

还有狗,还有驴

还有锅碗瓢盆在另一个驮筐里相互撞击如乐器

竖坎侯奏笙歌

倒淌河边迎公主

突然的一指琵弦

好像是一个王朝对另一个王朝的怀思

## 4

玛卿岗日呀多么遥远

像是我看见了一个人的唇动却听不见她的原音,那么

一个人的冰河纪是什么呢

一个人的侏罗纪又是什么呢

一个人的沉积岩是什么呢

一个人的钻石岩又是什么呢

我拿着青海湖的放大镜,在裸原,更多的是在我的心中,蜥蜴爬行

一个康巴汉子像我,我像一个康巴汉子

手持的一柄马鞭

却原来

是世纪初的一道惊雷

5

金银滩上,一群羱羊
我想落日,我想放牧,我想一束皮鞭轻轻打在我的身上

6

落日啊红得让人心碎:

一群牛睡在了尕海湖边。

一匹马猛然狂奔向草原天堑。

一座鄂堡上的经轮转黑了黄昏。

一座佛院里传来了暮鼓之声。

还有刚察。

还有多巴。

还有门源。

还有互助。

还有丹噶尔。

还有哈拉库图。

还有日月山。

还有恰卜恰。

还有高车。

还有仓央嘉措。

还有湟水。还有思念。

## 雨夹雪

电锯声声
从一阵音乐上锯下一截血管一样的蚯蚓
时间,请侧一下身子,或者像一朵桃花
探出漫雾
有一阵子,我很恨
突然又爱了起来
天亮了一会儿又黑过来了,带着
雨夹雪

雨夹雪呀
我在云南普者黑
试想了下,有谁想我
想也是湿漉漉的

## 弥　勒

湖上有一叶舟，有一对来生
夜里下雨了
给佛带来了些许能了却和不能了却的事情

飞翔的虎
还有一些乱云飞渡。所有的世界，不过是
一页，晾晒的经书

## 横　风

一个一个的隧洞,紧接着的
横风。火车震颤了一下,继续前行
一夜了,山岭之间
这样反反复复
晔子,我想,普者黑和他的卜水精舍
他是那样的坚韧
让我吃惊

我枕边放着奥兹
火车的轰隆,像胡狼
嗥叫了一个晚夕

## 劈　柴

他在劈柴，劈开了一座寺院
纹路整齐，像一捆韭菜
结疤是一串一串收纳了多少罪过的佛珠

寺院啊，一扇扯满蛛丝的窗户
何不是一截切开的藕
连着谁的前缘

他把缸里的水添足后
洗起了月亮
搓啊搓
白白的胳膊，白白的手

# 曰 者

夜里的鹅浮在芦苇荡里
偶尔叫上一声
是被梦捏了一下，或者一颗流星
在云南的高空针灸了一下
水的岑静

什么是黎明
没有背负
只是生存
背着一篓藕的妇，在一片临盆的霞光中
从只有一尺宽的石墙上
穿过池水
腰比生活更有弧度

在这个叫曰者的村子
一头水牛卧在草地
像史前的一块陨石

抽一口烟筒
吭哧一声

如果心里荒芜
请种上
三两行,彝家谣曲

## 彝人码头

也许是爱
也许是一个人
在自己的身体里,独自徘徊

六点五十
从卧龙潭那边下来了一艘小船
落日。也许就是你
给了我一个侧脸
隐遁进了
谎言之中

爱,或者不爱
不是六点五十说了就能算的
还有七点,还有八点,还有
更多的时间
还有更爱

一只水鸟，俯冲下来
点了一下水面
像是要啄出一道波纹
那不是伤恨，也不是皱纹
那是闪电，那是
水的明天

一个熟悉的陌路人
从我的身体里穿行而过后
又继续远行。我无来由地哀叹了一声

就像那谁
站在彝人码头一口倒扣的船上
仰望着阵雁飞过的天空
朗诵这发红的黄昏

# 尘 世

牵着一匹来生的马路过这
壮观的人间

蹄音凿呀凿
每个人都是我遇见又舍弃了的村庄

把你的马拴在了杨树桩上
狗叫声响了一个晚上又一个晚上

我已熟悉了尘世界
所有的荒凉

## 丽江：拉市海源头

两个老太太在一块树荫下
剥着野核桃的皮，像是……
像是在造字：
太阳的耳朵上坠上两滴雨珠，叫纳西
一匹马，背上搭一副装茶的褡裢叫茶马
古道弯了又弯
每一道弯，都近似于
那个拉马人的脊背

先造鱼，还是先造水
两道闪电好像爱情的舌尖

如果我用一把铜号
把一个人邀请到这山林
再把一滴水，装进她的身体里
她就是一道瀑布，就是神的另一个女儿
就是拉市海

嚼草的马,铃声也是一个新造的字
是我在夜里,叫出的
谁的小名儿

# 雾

雾里的日出像一本渗血的诗集
阿巴斯牵着一匹狼
从一部电影里走出
我静坐在三生三世的湖边
一页一页地翻着波纹
那里面有苏黎
喋喋不休的倒叙

# 芦 苇

晨风中，芦苇的豹子窜进了谁的身体
谁的身体里就有两块时间的礁岩擦出的一道裂隙
八道哨的路两边，被雨沤黑的烟叶在一些植物上
窸窸窣窣。像是不停地咳嗽，又像是
一个人，在一下一下整理着过往的生活

雾中，一声马嘶
探出头来的马匹，不是我遇到了中年的爱情
就是神又一次的降临

## 青丘:除夕

与一头水牛相遇
它头上的对角,像光的分支
更像我走岔又返回了的一条小路

我一再地注视水面上
被几只鸭子弄出的涟漪
一再地注视,湖心岛上的那座茅草旧屋

旧了的还有内心的一些东西
比如一个人
比如另一个人
比如刚刚下过阵雨的一团云,已被斜阳
染上了夕红

从青龙山那边飞过来几只天鹅
发紧的叫声
像是在拧着天空里松动了的螺丝

我的身体里暂时还没有松动的东西
我看着远处
八道哨，和以远的云南天际
想了些别的
我朗诵了几句，一挥手，仿佛
更新了一下自己

# 桃 花

命里桃花是一朵防疫的牛痘
有句话是我们生命里不可缺少的针灸

每一朵桃花都是一口生命的深井
为我们开启着大地的一扇扇年轮的宫门

青丘啊,我想挽住一只鹰的唳吟
我想和一匹马合一张春天的倒影

## 普者黑

那个把半张脸都镶进烟筒里吸烟的人
完全是身在黄昏依然想念着黄昏的表情
就像身在异乡的我
在一辆矮种马拉着的小黄车擦身而过时
依然想念走在身边的你
同时想念着过去的某个想念
想念啊，我也想念着走在雪地里
吱吱咛咛的另一个自己

## 溢 出

生活如此坦荡
我学会了更多的放弃,学会了
在一个个汉字的迷宫里穿行
就像是在老家的小路上来回徜徉
一下下触摸着村子的心脏

我学会了劈柴
劈一些坚硬的东西
从中取火,取比火更重要的年轮
加热日子受寒了的部分

我要告诉你
哭泣就哭泣吧
那是另一些东西太满了
像滚水一样
慢慢地溢出了身体

有时候,你会想你

想另一个自己,甚至发生点口角

然后握手言和

把他送到往事的一个拐角

皱纹的山冈上下来了一只羚羊

叫声比

落日还滚烫

## 指背草甸

牵着一头水牛的彝族小女孩
另一只手里舞动着挂着一片积雨云的竹竿
那个在泥塘里劳作的人
黝黑的脸膛,像是制造微笑的作坊
草甸上的那匹矮种马,一动不动
突然的一个激灵
它不是梦见天堂,就是在抖落着一些莫名的忧伤
它打个鼻喷后,嘶吟声
像是关着一扇过往的木门
在一只倒扣的小船上
我摸了摸我的天空
我还干了些别的事情:
比如给旁边那座叫指背的山重新命名
比如豹子坡
比如曰者
比如回忆,比如过一段时间后对现在的回忆
的回忆。我还朗诵了一遍去年的雨水

## 八道哨

在这薄暮之中,远远望过去
湖面上,发枯了的荷茎
依然像林立的桅杆
更像是一个放大了的心的彼岸

有一辆水牛拉的胶轮木车
有一只过来过去专心熨平水纹的黑顶鹅
去八道哨的路上
大片的烟叶已被时间沤黑
依然还有一个老人在草丛里趸摸

八道哨,半山腰的一个小村
雾已渐浓
依然有一缕夕阳透出了裂缺
像是给我透露了点什么

## 豹子坡

一堆柴火在山脚喘息。忽强忽弱的谣曲
显然是那些火焰跳跃出来的一只只灰烬的蝴蝶。
一个农夫,拿着齿耙,梳着豹子的前额
这风,张了张眼睛
这湖水,和
一些弯曲了的呼吸

## 在普者黑高铁站所见

天气热得与预报里的阵风雨完全不附
站门外,花坛边上
一个外地小伙弹着吉他,唱着他自己作的歌曲
好吧,我得给你说说实情了
他唱的是:
秋风,秋风,波光粼粼
的黄昏
而这明明是早春的某个早晨
他的眼睛里贮满了天空的纯蓝
他身子一弯
打了个休止的寒战

匆匆忙忙的人们啊,一抬头,就望见了:
一只鹰在高空盘桓不定,仿佛
一个占卜者无形的手摇着
的签筒

## 除了鹰

我依然感觉我在指背草甸
依然感觉到了豹子坡的那道闪电
我依然感觉到我站在一叶倒扣的铁舟上
看着一匹马驮着满身的雨水，从我的左眼跑出了右眼

求求你，我终于扛住了那声惊雷
帮我的人，好像是那个叫鹰的神

求求你，我不想再倒叙

## 海口：骑楼老街

每一块石头上的凿痕，
都是晾干了的海浪的波纹
那么爱情呢
时间挤着时间，多余的那一滴，就是
落日轻轻地一声叹息

我想再凿开几个生僻字
寻找巴洛克时代的钟声是怎么渐灭的
我还想，把自己雕塑在一本旧书里
红红的封面，绿腰封

我呀，躬身，回眸
想把一个宋朝的丫头，镶嵌进
一本现代的小说里：
手里必定拿着
一幅碧桃图

## 秋天：在南京，长江边

我想把它写得再汹涌一些
再水一些
眼泪也是水呀
我会允许那些水的波纹怎么翻滚就怎么翻
更允许它们突然停了停又猛地前行
往事也来
多旧的都行
会给秋天的南京
给长江的水添加些份额
使一片漂泊的黄叶
都像是载着时间的万吨货轮

请还回我的锁金村
还回我三昼夜的爱情
我要还回去的是撕碎星空的那一声汽鸣
还要还回去的是一个熟悉而又生僻的词：南京

还有那只水鸟

你鸣与不鸣

都像是天堂的一口惊钟

回旋的当儿,又允许我喊了一声:南京

而一艘挖沙船,轰隆隆地起动了起来

猛一伸臂

水和水让了让位置,像

我的生命里又挤进了些,别的东西

# 秦淮河

有一道裂缝在飞
不是蝴蝶
也不是白马
有许多人像是从自己身体的乌衣巷里走出
赶考来的
有中举的。有抑郁的。有吊死在自己功名里的
梧桐落叶,密密麻麻如落荒的脚步
有几多书生溺进了浓稠的侬语里

一只只船在秦淮河上往来
像是在水波的洗衣板上反反复复搓洗着
月光一样的历史
不叫历史也行
那就烛影吧

突然的一声更鼓
又是谁

在一根颤幽幽的琴弦上惆怅

罢了,罢了
我要去夫子庙,躬身,敬谒。然后
拜一拜我的今世,还要拜一拜
我的来生

## 大运河边

很远处传来一声长长的鸣笛
把天空都震得有些战栗
也许吧,还有一些别的什么进了人的心里
漕运船一艘接一艘地驶过
那么慢,刻着烟篆
货物上蒙着篷布
像是神在搬运一座座小山
对面是一艘渔船
打捞了一阵,然后悄悄离去
我也是,从身体里打捞出了一些东西
又静静地
望了会树林那边的一个旧村子

河面上突然一个漩涡咕咚了一声
像是水
暗自鼓了一个狠劲

## 暮晚清江浦

几尾夕光
被欸乃声驱赶着
一跃一跃,向暮色深处游去

说与不说
两个相携的人,都像是一把优雅的琵琶
水在动
只在那里动了一下
就把里运河翻了个个儿
你就找吧
能找到点风云就找
找不到,就把一段河装订成一本现代爱情也行

亲爱的,我们在国师塔下小坐了一会儿
听桐树叶唧唧哝哝念了一阵古代汉语
所有的雨
所有的鱼

都不及一条鳝鱼

都不及一盆渔火
烹煮这沸腾的雨夜

还有雕塑上的那一声马嘶
不是历史私奔了一会儿又回来了
就是谁出了会神
又在身体的码头上刚刚登陆

## 登陈子昂读书台

1

我想给山坡上的那些植物们重新命名
我不叫它古人
也不叫它来者
我要发明一个新词
新词连着新词
恰似山脚下涪江的春水
涟漪连着涟漪
平仄
叠韵
但也夹杂了几个外国人深情的朗诵

那些树笑而不语
唯有风,擦动着
要点燃什么的声音

## 2

侧耳凝神

像偷听天籁

阴云的天棚下

只有风从远古吹过来几声悠悠的钟声

我驻足,我前行

我的跫音已与你同步在了

一个时代的景程

可与我再去一趟河西走廊的张掖吗

看一看你屯下的田

抚一抚你仗过的剑

看一眼你看过的鹰

砺一砺你磨过的风

登一次焉支山,穿一趟扁都口

蹚黑河,涉居延,转身再去额济纳

## 3

站在你的塑像前

像是与你一同刚从河西回来

你那紫铜色的脸膛

一定是沐浴了太多雪山的紫光

子昂啊

在遂宁,我要温故而知新

我神迷前驱

我奢望后来

我要从每一个黎明的伤口中

辨认出河流的新生

辨认出哪一些波纹是

未来的诗经

# 涪江边

一艘渡船的隆隆声
熨平着
翻山越岭的比兴
川江号子算得了什么
偌大的浓雾又算得了什么
那么，突然的一声汽笛
是不是一个时空的隧洞
初识也罢
别离也罢
半夜了，还有人叫我到一个码头上小聚也罢

与人踏歌也罢
独行怆然也罢

此刻的我
多像一樽宋瓷
被时间移来移去

与突然嘎了一声的一只青鸟，多么相似
丢下词牌
深入新词

探出云层的太阳
像是刚刚梳洗完毕
罢罢罢
遂宁啊
我和我自己又做了一回隔壁

## 在遂宁

在这里,你必须养几个名词

最好在月光下

最好在你的身体里

比如观音

比如故里

比如广德寺里,你当肃穆前行

比如,在灵泉寺里,我与一位僧者还礼打了个拱身

还有宋瓷这个词

念一遍,就像是在敲一个器皿

比如死海,比如龙凤古镇

比如侏罗纪公园里的那只恐龙

当然,还要养一些动词

让另一些名词拄杖而行

比如射洪

比如朗诵

比如陈子昂

比如啊,我真想和谁结义金兰

去一趟古代
在四川小住，再去一趟甘肃

遂宁啊，我摸一摸额头
像是在敲一扇词语的大门
我要贩卖些河西走廊的月光来呀
遂宁
那月光，有丝绸的质地
那月光呀
要铺在了涪江之上

借此，我还动用了点爱情
是啊
在遂宁，你不得不动用一下前身

## 暮 雪

天在下雪
遥远里，隐隐约约的狗叫声
像是一份私藏的感情
撕扯得什么在疼

岁末。山中。城郭。
一只老鸹
究竟在神谕着什么
它在雪地里观望了阵天空
又对着一道经幡朗诵了阵黄昏

梦里梦外
青铜的门环
从一块生锈的落日里牵出一匹
湖泊的马来

这雪啊

谁在天空里打磨着什么
而我，纷纷扬扬的雪中
在一匹马中淘洗着落日的铁

## 后记：寻找神迹

梁积林

诗是语言的艺术，更是心灵范畴里的东西；诗属于心灵，它是心与自然万物对应而幻化后，一种文字对事象的重新缔造。许多的物象让我们打开了许多心灵的门。诗人以发现的目光为自己打开了许多别人无法企及的门。它是一个世界的入口，也是另一个世界的出口，基于此，你会用诗引导别人走进一种矛盾的争端——它祥和，它温暖，更有一种超然的悲伤与体贴。

《辞海》称："诗是最早产生的一种文学体裁。它按照一定的音节、声调和韵律要求，用凝练的语言，充沛的感情、丰富的想象、高度集中地表现社会生活和人的精神世界。"俄罗斯当代诗人库普扬诺夫认为，诗是自然的，就像一间屋子需要一扇窗户，但它又是经过选择和人工打磨的，就如同窗户需要安装相匹配的玻璃，它像纷繁复杂的世界一样充满了偶然性，却又拥有自己的规律，仿佛隐藏在日出和日落之连接处的一个点，安静呈现着科学般的精确。

一个物体被发现被你反映在了你的诗里，它是荣幸的，它会在你的诗里放射出自身的光芒。

同样是心像与物象的对应，诗的好坏就在于发现的角度和语言的工夫了，当然也少不了技巧。更高的诗学凝聚在了一种隐忍里。

而技巧是自我创新，与自己内心对应的新奇。是它推动着诗歌的发展。你比如，第一个把落日比喻成铜锣的一定是他内心的律动后，产生了一声终了的回响，而对应出了鸣金收兵的感觉，最终产生了一段时间的终结。而第二个把落日比喻成铜锣，他只是学习了别人的一个好的比喻而已，与自己的内心是没有多大关系的，只是为写诗而写诗。

正如希默斯·希尼所说：技巧，如我所定义的，不仅关系到诗人处理文字的方式，他对音步、节奏和语言结构的安排，而且关系到他对生活态度的定义。正如木匠，技艺就是技艺，是用来做桌子、板凳的；而技巧，是属于设计师的。技巧运用好了，可以把一句话的含意放大，比如"下半夜了，老店铺里／两个碰杯的旅人，还没有把一盏灯光／干光"，我们看到的不仅仅是灯，也不仅仅是两个旅人，它是一个故事，随着读诗人的感受而无限扩展着，衬托出了人生的意义和更大的画外之音。

一个洞悉世界的人，也许能够从更宽阔的意义上拓展自己的生命境程。为进入一个世界，必须要从一个词语开始，诗人在人格与语言的修炼中，只能更加虔诚地敬畏生命和大地。一个词可以是一次心跳，可以是一声蝉鸣，也可以是一个涟漪放大了的寂静……可以把一次辉煌的落日置换成一个印在大地契约上的一个指纹；可以把驶出皮肤的一滴血当作是打着的一盏灯笼，寻找久远了的一次疼痛。

诗人的本能在于不断地发现，并将其提炼，注入自我的灵魂，以独特的想象锤铸成器，甚至磨砺如同钢针，扎入阅读者的某个穴位，使之战栗。

意象派大师庞德曾说："一位诗人，一生中能创造出一个独特的生动的意象，就可称之为大师。"意象的生成是从一个词语开始的，我甚至认为，每个词语都是一把生锈了的铜锁子，需要我们用洁净心灵的力度去打磨、开启，才能看到神性的澄明和干净。不要轻贱了一些细微的东西，也许雪后的早晨，场院里草垛上的一抹鸟爪印就是你要找的神迹。

语言的高度敏感和一字不苟的追求，是诗歌的纪要。人性的追问和攀升，是对诗歌的敬畏。除了韵味，就是美，或者更美，还有凄美，美是世界的光芒。

一沙一世界。太阳的放大镜每天都在修正着万物的灵魂：一滴露珠，抑或一个七星瓢虫；背着自己身体跋涉的人，像是背着一顶移动的帐篷；且息，爱情一样的云缝，月亮的光是借来的。

一点水，一个漂泊的大海。封冻的河流，裸体的水。

封存。开启。

蜜，或者，

醇。

仰望星空，再次启程。